I0686311

LIGUE FRANÇAISE
POUR LE RELÈVEMENT DE LA MORALITÉ PUBLIQUE

NOTRE NOUVELLE CAMPAGNE

PAR

T. FALLOT

DEUXIÈME ÉDITION

augmentée d'une lettre à M. le Ministre de l'Instruction publique

PARIS
LIBRAIRIE FISCHBACHER
(Société Anonyme)
33, Rue de Seine, 33

1891

LIGUE FRANÇAISE

POUR LE RELÈVEMENT DE LA MORALITÉ PUBLIQUE

NOTRE NOUVELLE CAMPAGNE

PAR

T. FALLOT

DEUXIÈME ÉDITION

augmentée d'une lettre à M. le Ministre de l'Instruction publique

PARIS

LIBRAIRIE FISCHBACHER

(Société Anonyme)

33, Rue de Seine, 33

1891

Lettre à Monsieur le Ministre de l'Instruction publique.

MONSIEUR LE MINISTRE,

Un simple coup d'œil jeté sur les pages qui suivent, vous fera comprendre l'importance de la question qu'on y traite. Si certaines vivacités de langage vous étonnent, n'oubliez pas que les honnêtes gens dont je ne suis ici que le porte parole, ont tout lieu de s'étonner à leur tour de l'attitude du Gouvernement. Il ne leur a pas marchandé les promesses mais ne s'est jamais soucié de conformer ses actes à ses paroles.

En province — nos correspondants sont unanimes à cet égard — l'impunité de la pornographie est absolue. La Magistrature s'obstine à ne pas sévir. C'est l'entêtement dans l'inertie. Un de ses membres s'excusait dernièrement devant un de nos amis, en alléguant un mot d'ordre : « On nous laisse comprendre, disait-il, qu'on déplorerait si nous nous faisions quelque affaire avec la presse ».

A Paris, il y a eu, depuis quelque temps, un certain nombre de poursuites, mais on affirme, dans les cercles bien informés, que cette tentative de répression due à l'intervention personnelle et pressante du Garde des Sceaux, est bien vite allée se heurter à des obstacles à peu près insurmontables.

Nul n'ignore l'influence politique dont disposent quelques-unes des entreprises pornographiques. L'insolence des notes comminatoires qu'elles publient contre quiconque fait mine de s'opposer à leurs efforts, prouve à quel point les spéculateurs en dépravation publique croient pouvoir compter sur la bienveillante neutralité du Gouvernement.

Les faits, Monsieur le Ministre, que j'expose plus loin, et bien d'autres que, pour l'honneur de mon pays, je préfère passer sous silence, autorisent les plus fâcheux soupçons.

En face d'un pareil spectacle, vous conviendrez que toutes les craintes sont permises et toutes les indignations légitimes.

Nous ne pouvons assister de sang-froid à cet effondrement de la patrie, et sommes résolus à tout mettre en œuvre plutôt que de nous soumettre au régime de la fange obligatoire.

Mais nous tenons à prévenir les malentendus et à dire bien haut que nos efforts ne sont inspirés par aucune pensée hostile au gouvernement de la République. Bien au contraire, parmi les combattants engagés jusqu'ici dans cette lutte pour la dignité de de nos foyers, vous ne trouverez que d'ardents républicains. Le regretté sénateur de Pressensé en fut l'infatigable initiateur. Je doute que la République ait eu beaucoup de serviteurs aussi dévoués que lui.

Ce n'est pas non plus, comme nos adversaires le prétendent, un rigorisme exagéré aux entraînements duquel nous obéissons. Il vous suffira de lire les pages qui suivent pour vous persuader que ce n'est pas telle ou telle œuvre littéraire, si risquée fût-elle, contre laquelle nous nous élevons. Hommes de liberté, nous réclamons pour les manifestations de la pensée une absolue liberté.

L'entreprise que nous attaquons n'a en réalité rien de littéraire, ni rien de politique. Elle est une affaire purement commerciale, lancée selon les procédés du commerce et dirigée en vue du plus gros dividende. Elle a pour fonds d'exploitation les instincts les plus grossiers de l'âme humaine, et pour clientèle, la jeunesse française systématiquement corrompue.

Vous le voyez, Monsieur le Ministre, en déclarant la guerre à l'entreprise pornographique, une seule pensée nous guide : le salut de nos enfants et, ce qui revient au même, l'avenir de la patrie. En effet, si le pornographe achevait son œuvre, avec l'enfance déshonorée la France s'en irait en lambeaux.

Vous avez déjà beaucoup fait, Monsieur le Ministre, pour la grandeur de notre pays. L'appui énergique que vous prêtez à la fondation des Universités régionales et à la décentralisation intellectuelle de la France, vous attire la reconnaissance des hommes qui pensent. Pourquoi ne vous efforceriez-vous pas de mériter celle de beaucoup de pères et beaucoup de mères de famille en vous mettant résolument à la tête de l'œuvre de protection sociale sur laquelle nous appelons votre attention ?

La loi scolaire a fait du Ministère que vous dirigez le Ministère par excellence de la Démocratie en voie de formation. En vous accordant un pouvoir que n'eussent pas osé rêver les Ministres des divers régimes qui ont précédé celui-ci, la Nation a remis entre vos mains son bien le plus précieux, l'âme de ses enfants, c'est-à-dire sa propre âme. Elle entend qu'après avoir assumé une aussi redoutable responsabilité, vous ne reculiez devant aucun effort pour pouvoir, au jour marqué par elle, lui rendre intact le dépôt qu'elle vous a confié.

En vous confinant modestement dans les fonctions qui absorbaient jusqu'ici l'attention de vos prédécesseurs, vous manqueriez à vos nouveaux devoirs. Il s'agit qu'en toute occasion vous parliez haut et ferme, pour faire prévaloir dans les conseils du Gouvernement les décisions que réclame la défense de la jeunesse française.

On prétend, par exemple, au nom des exigences d'une misérable politique d'expédients, paralyser l'action des lois tutélaires de l'enfance qui frappent l'industrie pornographique. A vous, qui ne connaissez que la politique des principes parce que c'est avec celle-là seulement qu'on fait œuvre d'éducateur et qu'on prépare l'éclosion de l'avenir, à vous, Monsieur le Ministre, de faire honte à vos collègues de leur inexcusable faiblesse et d'exiger qu'ils respectent eux-mêmes la loi qu'ils sont chargés d'appliquer.

Et s'il faut des faits pour châtier leur indifférence et les contraindre à secouer leur torpeur, qui est mieux en état que vous, de leur fournir les renseignements les plus précis ? Ce ne sont ni les fonctionnaires de la Justice, ni ceux du Ministère de l'Intérieur, habitués les uns et les autres à une conception toute formaliste des questions qui pourraient, avec fruit, procéder à une enquête aussi délicate. Pour pouvoir apprécier les dommages faits à nos enfants par le désordre actuel, il faut aimer l'enfance et la connaitre. Chef respecté du Corps enseignant vous disposez, Monsieur le Ministre, d'une élite d'honnêtes gens qui lisent, à livre ouvert dans le cœur de notre jeunesse. Faites appel à leur expérience journalière, priez-les de vous renseigner sur les dangers que fait courir à leurs élèves le mal pornographique, demandez-leur un spécimen des journaux qu'on offre à la porte de l'école et des ignominies illustrées qui fixent les regards de l'enfant lorsqu'il rentre au logis, détruisant parfois en quelques minutes le résultat de longues années d'enseignement.

Une fois les résultats de cette enquête entre vos mains, je suis certain de deux choses : la première c'est que vous n'hésiterez pas un instant, Monsieur le Ministre, à vous placer à la tête du mouvement contre l'entreprise infâme, car vous aurez compris qu'entre l'œuvre de l'école et celle de la pornographie, il y a incompatibilité absolue. Les serviteurs de l'école muselleront les pornographes sinon ceux-ci ruineront l'école. La seconde chose enfin dont je suis également assuré, c'est qu'une fois armé des renseignements précis, nombreux, décisifs qu'il est si facile au personnel enseignant de vous fournir, vous aurez raison des oppositions les plus tenaces et que vous amènerez peu à peu le Gouvernement tout entier à faire tout son devoir. Et qui donc aurait l'audace de vous contredire lorsque vous demanderez que le salut de nos enfants pèse davantage dans les conseils de la nation que l'intérêt de quelques manœuvres de lettres et la cupidité des faiseurs qui les emploient et les exploitent ?

Toutefois mon ambition va plus loin. La répression est nécessaire, elle est urgente mais elle ne suffit pas. Je parle dans les pages qui suivent de la moralisation de l'opinion publique. Cette œuvre incombe à tout bon citoyen mais avant tout à l'instituteur. Nul ne saurait mieux s'en acquitter, à condition qu'il s'y sente encouragé. Plusieurs, parmi les meilleurs, ont été un peu effrayés du bruit qui s'est fait autour d'eux et se sont renfermés dans l'accomplissement exclusif de leur tâche immédiate. Il serait bon, Monsieur le Ministre, de leur rappeler que leurs fonc·

tions ne s'arrêtent pas au seuil de l'école ni à la lecture des livres de classe, que la conscience de l'enfant réclame leurs soins aussi bien que son intelligence et, qu'en face des sollicitations déplorables auxquelles leurs élèves sont en butte, il est du devoir de chaque éducateur de redoubler de zèle et de ne pas craindre de mélanger à ses instructions habituelles les avertissements et les conseils qu'exigent les circonstances.

Il ne suffit pas que l'instituteur surveille les lectures que l'enfant fait à l'école. Il doit encore se préoccuper de celles qu'il fait ailleurs, lui inculquer l'horreur instinctive des productions honteuses, et l'amener à préférer au livre qui dégrade celui qui instruit et rend meilleur. C'est ainsi que l'influence moralisatrice, rayonnant de l'école, suivra l'enfant partout où il va et pénétrera avec lui au foyer.

Quelle honte par contre pour l'instituteur et quel désastre pour le pays, si, cent ans après la Révolution, la lecture dont on espérait tant de progrès, devenant une cause permanente et générale de corruption, l'immense effort scolaire dont notre siècle s'enorgueillit, n'aboutissait en somme qu'à infecter la demeure de l'ouvrier et celle du paysan d'images obscènes encadrées d'une prose de mauvais lieux !

Dites-leur cela, Monsieur le Ministre, dites-leur tout cela avec la haute autorité dont vous êtes revêtu, et moi, qui connais un grand nombre des hommes excellents qui partagent avec vous les responsabilités de l'instruction publique, je vous affirme qu'ils ne se plaindront pas de voir augmenter leur besogne, mais que, pleins d'admiration pour la noble idée que vous vous faites de votre mission et de la leur, ils vous seconderont de toutes leurs forces dans ce vigoureux effort d'assainissement social.

Du reste à quoi bon le cacher ? Un grand nombre

d'entre eux souffrent cruellement du désordre que nous signalons et de l'attitude passive qu'observe le Gouvernement. Ils souffrent tout bas parce qu'ils ne veulent pas condamner leurs chefs hiérarchiques quand bien même le silence de ceux-ci les étonne et les afflige. Un mot de vous, Monsieur le Ministre, un seul mot venant rompre le charme, délivrera leur âme d'un grand poids, et l'œuvre moralisatrice, due à votre initiative, trouvera dans chaque département les plus fidèles et les plus dévoués serviteurs.

Prononcez-la, Monsieur le Ministre, cette parole libératrice, donnez le signal de la lutte, et la reconnaissance de tous les bons citoyens vous montrera un jour que vous avez bien mérité de la France et de la République.

Dans cet espoir, je vous prie, Monsieur le Ministre, d'agréer l'assurance de mon respectueux dévouement.

T. FALLOT

Nice-Cimiez, 1er Juillet 1891.

AVANT-PROPOS

DE LA PREMIÈRE ÉDITION

J'ai été chargé par le Comité central de la Ligue française de diriger l'enquête dont j'indique plus loin la nature et l'utilité.

Je m'étais d'abord imaginé qu'il suffirait de donner au questionnaire qui accompagne cette brochure, une large publicité pour que les collaborateurs bénévoles se présentassent de toutes parts. Une enquête préalable faite, il y a quelques semaines, m'a montré à quel point je me trompais.

A en juger par la multiplicité des plaintes que provoque la diffusion de la pornographie, aucune campagne n'eût dû être plus populaire que la nôtre. La froideur avec laquelle nos ouvertures ont été accueillies m'a prouvé, une fois de plus, que la politique de l'inertie reste dans notre pays, celle que préfère la masse des honnêtes gens.

J'ai compris que l'envoi pur et simple du questionnaire n'eût été qu'un coup d'épée dans l'eau, et qu'il fallait, coûte que coûte, afin de communiquer un peu d'élan à l'enquête projetée, la faire précéder de quelques pages dans lesquelles l'œuvre pornographique serait décrite sous toutes ses faces et avec tous ses effets. Je me suis donc mis à l'ouvrage et j'ai été lent à le terminer, à cause du misérable état de ma santé qui sans cesse paralyse mon cerveau et ma main.

Je devais cette explication à nos divers Comités Régionaux qui, après avoir adhéré très cordialement au plan de campagne que je leur proposais, ont dû s'étonner du retard que subissait son exécution.

Je me suis efforcé, dans les pages qui suivent, de rester fidèle à la méthode adoptée par la Ligue. Je n'ai pas oublié que selon notre déclaration de Principes, « la Ligue pro- « fesse la neutralité la plus scrupuleuse dans toutes, les « questions politiques, philosophiques ou religieuses ».

J'ai donc évité toute allusion à mes convictions parti- culières. J'avoue que ce n'est pas sans peine. Il est difficile en traitant certains sujets de ne pas aller jusqu'au bout de sa pensée, surtout lorsqu'on sait qu'on y trouverait les raisons les plus décisives en faveur des causes que l'on sert.

Je m'y suis néanmoins appliqué, pleinement persuadé que la loyauté avec laquelle j'observerais la règle imposée à chaque membre, était le meilleur hommage que je pusse rendre aux convictions qui dirigent ma conduite.

En imprimant sur la couverture : Ligue française pour le Relèvement de la Moralité publique, nous indiquons claire- ment le danger qu'il y aurait à laisser cette brochure s'égarer sur la table de famille. Ceci dit pour prévenir cer- tains reproches, dont on est souvent plus prodigue à l'égard de ceux qui attaquent le mal qu'à l'égard de ceux qui le commettent.

Un mot encore : nous ne dédaignons pas un grand cer- cle de lecteurs, nous le souhaitons même ; nous nous défions toutefois des sympathies bruyantes plutôt que nous ne les recherchons, et si la lecture de ces pages ne faisait que nous procurer le concours de quelques hommes éclairés, résolus à faire face au danger, nous aurions pleinement atteint le but que nous nous sommes proposé.

T. FALLOT

Nice-Cimiez, 3 Mai 1891.

PRÉFACE

DE LA DEUXIÈME ÉDITION

———

La première édition de cette brochure a été trop vite épuisée, pour que j'aie le temps et le désir d'y rien changer avant de la livrer de nouveau à l'impression.

Les nombreuses lettres que j'ai reçues me montrent que le questionnaire qui fait suite à la brochure a donné lieu à certains malentendus. Je désire les dissiper en insistant sur quelques points que le lecteur fera bien de ne pas perdre de vue.

I. Plusieurs personnes semblent avoir lu très rapidement les pages qui suivent pour courir tout droit au questionnaire. Elles ont eu tort.

Nous ne visons qu'un seul but, et ce but, auquel nous subordonnons tout le reste, c'est un réveil de l'opinion publique. Pour que ce réveil soit possible, il faut avant tout que les honnêtes gens accordent aux faits que nous signalons, l'attention qu'ils méritent. Il importe donc que cette brochure soit lue avec soin, et que son contenu fasse l'objet de nombreuses et sérieuses discussions.

Quant à l'enquête par le questionnaire, elle n'est qu'un des moyens proposés pour déterminer un mouvement de l'opinion publique ; mais elle n'est pas l'affaire de tout le monde.

Que les personnes de bonne volonté qui ne savent comment répondre ni que répondre aux questions, ne se mettent donc pas en peine. Si leurs yeux s'ouvrent à la grandeur du péril et qu'elles soient prêtes à agir virilement chaque fois que l'occasion se présentera, notre cri d'alarme n'aura pas été poussé en vain.

II. D'autres lecteurs désirent aider à notre enquête et sont en état de le faire mais se plaignent de la multiplicité des questions : « Il faudrait être un pornographe soi-même, nous écrit « un ami, pour être en état de fournir tous les renseignements « que vous réclamez ! »

Sans aucun doute, si nous attendions de *chacun* de nos correspondants une réponse à *chacune* de nos questions. Mais nous ne sommes vraiment pas assez naïf pour engager les milliers d'honnêtes gens qui nous liront, dans d'aussi malencontreuses investigations, et pour faire, sous prétexte de moralisation, la plus maladroite réclame aux marchands d'immondices que nous combattons.

Nous n'avons le droit d'imposer à qui que ce soit une étude aussi répugnante ; et nous n'y voyons au reste aucune utilité. Ce n'est pas l'immoralité qui se cache dont nous avons à nous préoccuper mais celle qui s'étale au grand jour et qui sollicite les regards de tous les passants.

Il est naturel que chaque père de famille remarque, en allant à ses affaires, les ordures illustrées devant lesquelles son enfant est contraint de passer pour se rendre à l'école. Chaque éducateur qui prend au sérieux ses fonctions est amené à se préoccuper des détestables lectures qu'il surprend entre les mains de ses élèves.

Que chacun nous dise simplement ce qu'il voit et ce qu'il entend dans l'accomplissement de sa tâche journalière, et nous saurons ce que nous voulons savoir. Si nous avons multiplié à l'excès les questions, c'est précisément pour permettre à tous nos lecteurs d'en trouver quelques-unes auxquelles ils pussent répondre.

III. A en croire certains de nos correspondants, il y aurait en France quelques contrées qui n'ont pas encore souffert du mal pornographique.

Nous demandons instamment à ceux de nos amis qui habitent ces contrées privilégiées de noter exactement les circonstances auxquelles il convient d'attribuer un état de choses aussi exceptionnel. Il serait utile d'indiquer la nature des influences en jeu : Influences positives, fortement moralisatrices ou bien influences négatives telles qu'une grande ignorance, une extrême pauvreté, le manque de communications rapides, etc.

Depuis que la première édition de cette brochure a paru, le journal *Le Matin* a publié l'intéressante conversation d'un de ses reporters avec M. Guillot, le juge d'instruction bien connu.

Il s'agissait de la criminalité précoce et des moyens de la combattre. J'y relève la phrase suivante attribuée à l'honorable magistrat :

« ... Puis, il faudrait balayer la rue de tous les placards qui « sont comme autant d'attentats aux mœurs des enfants et des « jeunes gens. Il n'y a pas d'ordure illustrée qui ne se vende « maintenant aux abords des lycées, des écoles et des ate- « liers... »

J'avais oublié de signaler, dans les pages qui suivent, l'influence de la pornographie sur l'augmentation de la criminalité. Je m'empresse de combler cette lacune. S'il prend de nouveau fantaisie au Gouvernement de décorer un pornographe, il est bon qu'il sache que l'homme, auquel il va accorder ce qui avait été jusqu'ici le signe de l'honneur, ne fait pas seulement œuvre de proxénète mais cultive aussi la graine de criminels.

Nice-Cimiez, 1er Juillet 1891.

NOTRE NOUVELLE CAMPAGNE

I

LE MAL

La Ligue Française pour le Relèvement de la Moralité publique a décidé de procéder à une enquête sur l'influence de la pornographie (presse, affiches, publications obscènes, etc...)

Chacun constate le mal et chacun s'en plaint, mais les protestations restent stériles parce qu'elles demeurent isolées.

La Ligue fait appel à tous les honnêtes gens et les convie à un effort collectif.

Avant de m'expliquer sur la nature de l'entreprise que nous projetons, je crois utile de rappeler l'origine de notre Association et le but qu'elle vise.

La Ligue Française pour le Relèvement de la Moralité publique a été fondée en 1883. Je transcris les deux premiers articles de sa déclaration de principes qui indiquent l'esprit dans lequel elle a été fondée.

I. — La Ligue Française pour le Relèvement de la Moralité publique fait appel à quiconque se préoccupe des destinées de la Patrie.

Persuadée qu'une Démocratie ne saurait prospérer sans un haut idéal de moralité, elle souhaite d'unir dans un même effort tous les hommes et toutes les femmes qui haïssent le mal, qui aiment le bien et luttent pour le triomphe de la justice.

Une coalition des consciences peut seule prévenir les dangers dont nous menacent l'affaissement des caractères et la corruption des mœurs.

Nous ferons tout pour hâter cette révolte des honnêtes gens.

II. — C'est, en effet, le concours de tous les honnêtes gens que notre Ligue réclame, sans tenir compte de la variété des partis et de la diversité des opinions : et elle a le droit de le faire, car elle professe la neutralité la plus scrupuleuse dans toutes les questions politiques, philosophiques ou religieuses.

Nous ne voulons être ni des sectaires, ni des violents, mais nous appliquer à édifier une association qui devienne une école de tolérance et de respect mutuel. Aussi demandons-nous expressément à nos adhérents d'éviter, dans nos assemblées officielles, toute allusion aux doctrines qui divisent...

Je cite également une partie des Art. IV, V, VI, qui indiquent le caractère des réformes que nous préconisons :

IV. — Tel foyer, telle Société. Pour poser la question du Relèvement de la Moralité publique d'une manière pratique, la Ligue pose la Question du foyer.

Notre foyer n'est pas ce qu'il devrait être. La patrie réclame des hommes capables de dévouement : le foyer actuel lui fournit des hommes sans caractère et sans conviction, des hommes manqués.

Nous avons l'ambition de préparer une reconstitution du foyer en hâtant une réforme de la Législation...

La loi a fait de l'homme un despote au petit pied ; du même coup elle a paralysé la femme dans son œuvre et compromis le développement de l'enfant.

Créée pour être la providence du foyer, la femme devrait être armée par la loi, de façon à pouvoir veiller efficacement aux intérêts du ménage. Il serait de toute justice qu'elle eût son mot à dire dans la gestion des affaires communes et qu'elle fût en état de sauvegarder les économies péniblement acquises, contre les tentatives du mari ivrogne ou débauché. Elle ne possède aucun de ces droits. La loi n'accorde pas même à l'ouvrière mariée la libre disposition de son salaire.

Et la mère ? Une loi vraiment humaine pourrait-elle l'entourer de trop d'honneur ? Le Code, en cas de dissentiment, fait toujours prévaloir la volonté du père.

Qu'il s'agisse de placer l'enfant hors du foyer ou de l'y garder, de le faire détenir comme incorrigible, de consentir ou de s'opposer à son mariage, le père est réputé infaillible. Le père parle, la loi entend que la mère s'incline.

Qu'on le sache bien : la mère qui est, en somme, l'éducatrice par excellence, ne possède, les cas prévus par le Code pénal exceptés, aucun recours contre les fantaisies les plus déraisonnables d'un père absurde ou dénaturé! Et derrière la mère qui souffre il y a toujours l'enfant qui pâtit.

Nous croyons qu'un pareil état de choses ne saurait durer...

V. — Nous unirons en particulier nos efforts à ceux des associations déjà existantes qui revendiquent pour la femme l'exercice des Droits civils. Nous disons des Droits civils, car nous n'examinons pas la question des Droits politiques.

En réclamant l'exercice des Droits civils, nous ne souhaitons rien de chimérique. Nous nous bornons à demander pour la femme, comme pour tout être humain, le droit de faire son devoir, c'est-à-dire la possibilité de réaliser sa destinée.

Oui, certes ! la femme est avant tout la gardienne du foyer ; son influence le crée, sa présence le vivifie. Qu'elle disparaisse ou qu'elle s'égare, l'homme reste en face de son labeur, sans force et sans joie. Bien loin donc de vouloir distraire la femme de ses préoccupations domestiques, nous ne songeons qu'à consolider sa situation au foyer.

Mariée, nous demandons pour elle cette juste part d'autorité légale dont elle a été privée jusqu'ici, et à laquelle sa haute dignité de mère, d'éducatrice et d'épouse lui donne les droits les plus incontestables.

Non mariée, nous voulons lui assurer la possibilité de suffire à ses propres besoins et de conquérir ainsi cette indépendance sans laquelle il y a ni liberté, ni dignité.

En présence des dangers de toute nature qui menacent la femme isolée, nous protestons en particulier contre les conséquences iniques de l'article 340 du code Civil. La loi en interdisant la recherche de la paternité établit l'irresponsabilité dans le libertinage, et fait supporter à la femme toutes les conséquences d'une faute qu'elle n'a pas été seule à commettre.

VI. — On répète volontiers que 1789 a vu la fin de tous les privilèges. Grave erreur, le plus grossier de tous, le privilège du mâle subsiste dans toute son insolence ; c'est lui qui inspire les dispositions législatives que nous venons d'indiquer ; c'est lui qui est à la base de ces institutions fangeuses, qu'aucune loi ne sanctionne, mais qui subsistent par la connivence de tous.

Nous applaudissons aux efforts tentés depuis de longues années par la Fédération Britannique Continentale et Générale pour l'abolition de la débauche patentée.

Avec la Fédération Britannique et toutes les associations constituées sur son programme dans les divers pays de l'Europe, nous condamnons formellement un système en vertu duquel l'immoralité est excusable chez l'homme, tandis qu'elle imprime à la femme une flétrissure indélébile; nous protestons contre cette mise hors la loi de la femme, qui loin d'être une sauvegarde pour les bonnes mœurs devient une nouvelle cause de dépravation.

Nous constatons avec tristesse que notre société française n'a pas encore compris la gravité de cette question. Combien d'hommes qui haussent les épaules lorsqu'il s'agit de la police des mœurs et qui, de propos délibéré, ferment les yeux sur les détestables conséquences qu'elle implique ! L'attitude frivole et cynique qu'ils affichent est un des symptômes les plus frappants de l'affaissement des caractères. On ne se soucie pas de proclamer le droit absolu de la femme au respect, parce qu'on souhaite d'avoir toujours sous la main des femmes qu'on n'ait pas besoin de respecter !

Un peuple qui se comporte ainsi glisse lentement vers la fange : et l'histoire nous enseigne qu'une société qui tombe dans la fange finit fatalement dans le sang.

Qui donc s'aviserait de contester la légitimité de notre entreprise ? Non certes, nous ne travaillerons pas en vain, si nous aidons notre Démocratie à prendre nettement conscience de cet idéal supérieur de moralité vers lequel elle doit tendre, sous peine de manquer à ses promesses les plus sacrées.

La Ligue s'est heurtée dès ses débuts à d'ardentes oppositions. Elle a irrité bien des cyniques dont elle troublait les entreprises, et choqué beaucoup de timides que leur timidité condamne à demeurer la dupe des méchants. Les injures ne lui ont pas fait défaut mais aucun de ses adversaires n'a jamais songé à mettre en doute sa complète indépendance à l'égard des divers partis politiques, philosophiques ou religieux qui divisent notre patrie. Il est donc établi — de par le fait même des attaques auxquelles nous avons été en butte — que notre Ligue est demeurée, depuis sa fondation, une association ouverte à tous les honnêtes gens quels que soient au reste leur credo philosophique ou leurs opinions politiques.

On nous accordera que notre Société française n'est pas riche en associations de ce genre et que la largeur de notre méthode devrait suffire à nous attirer de nombreuses sympathies. Hélas ! les coteries abondent chez nous ; ce sont elles qui accaparent les ressources et font main basse sur les bonnes volontés. Il en reste bien peu pour une œuvre qui n'est du parti de personne afin d'être au service de tous. Notre largeur fait notre faiblesse et pourtant nous ne renoncerons pas à la méthode que nous avons adoptée.

Autre difficulté presque insurmontable : la pruderie et la pusillanimité des honnêtes gens. Voyez un peu ce qui s'est passé pour la pornographie : son œuvre était bien timide, il y a quelque 20 ans ; elle recherchait l'obscurité des arrière-boutiques où il fallait aller la trouver. Elle s'est peu à peu risquée à la lumière... Quelques essais timides... on ne disait rien,

Elle s'est enhardie... elle est apparue sur le trottoir, à certaines devantures de magasins, dans les kiosques de journaux, sur les murailles. Cette fois cela dépassait les bornes ; on a timidement protesté ; mais les protestations ont été bien vite étouffées par les honnêtes gens qui imposaient le silence au nom des convenances.

Les convenances aidant, la pornographie n'a plus connu de bornes. Ses colporteurs ont envahi la rue, aujourd'hui ils la possèdent, ils y règnent, hurlant leurs marchandises à la figure des honnêtes femmes et la glissant dans la main des enfants qui sortent de l'école.

L'affaire, du reste, est devenue si lucrative qu'elle tente tous les entrepreneurs de publicité.

Dans la séance du 28 janvier 1881, M. Georges Périn disait à la tribune de la Chambre des Députés :

« Personne dans cette Chambre ne défend la presse pornographique. « Personne ne considère comme des articles de journal les outrages « odieux commis contre les mœurs et contre la morale publique. Per-« sonne ne donne le nom de journaliste aux gens sans aveu qui pu-« blient ces ignominies. Nous devons les écarter de la discussion. »

Tout a bien changé depuis que le membre de l'extrême gauche prononçait ces nobles paroles. Si quelqu'un s'avisait de les répéter aujourd'hui à cette même tribune, il soulèverait de vives protestations dans tous les groupes sans exception.

La pornographie est à l'heure actuelle une puissance avec laquelle comptent tous les partis.

Je dis *tous* les partis et je n'exagère pas. Tantôt la pornographie affecte les allures conservatrices ; elle prend même la religion sous son patronage ; tantôt elle prétend servir la République ; il y a la pornographie à l'usage des républicains modérés, le gouvernement la décore ; la pornographie radicale que prisent les marchands de vins et la pornographie révolutionnaire dont se nourrit l'enfant de l'ouvrier.

La mode aidant, bien peu de journaux restent complètement indemnes. La pornographie qui s'étale dans les uns, ne fait que de courtes apparitions dans les autres. Ici elle prend toute la place, là elle se dissimule dans un coin. Ici quotidienne, là hebdomadaire.

La presse sans scrupules lui appartient ; la presse honnête a commencé par se défendre ; puis à la longue la défense a faibli. On a trouvé qu'il était bien difficile d'aller contre le courant et que certaines concessions s'imposaient. Les concessions ont été croissant, encore quelques efforts et la fusion sera faite entre le journalisme politique et le journalisme pornographique. Ce dernier aura acquis une position d'où il sera malaisé de le déloger. Quand vous attaquerez la liberté de l'ordure, on alléguera l'impossibilité de toucher à la liberté de la presse et tout sera dit.

Le malentendu pourra coûter cher. Si jamais l'excès du mal détermine un mouvement excessif d'indignation, la presse politique sera directement menacée pour le plus grand dommage de nos libertés publiques. On comprendra alors que les alliances déshonorantes finissent toujours par devenir très onéreuses.

Et dire qu'il eût suffi de quelques efforts, il y a dix ans, pour enrayer tout cela ! Un petit nombre de roquets à museler, quelques amendes à infliger, et l'affaire devenait trop mauvaise pour qu'on la continuât. Mais les honnêtes gens n'ont pas donné signe de vie et leur pruderie égoïste a organisé la complicité du silence.

Chez d'autres peuples, où le vice est à l'œuvre comme dans notre pays, souvent même sous une forme plus grossière, les bons citoyens se considèrent comme les défenseurs attitrés de la chose publique et leur volonté du bien s'affirme par une protestation énergique, persévérante et systématique contre le mal. On est chez nous honnête homme à meilleur compte ; on s'abstient de commettre le mal et cela suffit. Quant à y faire obstacle, on n'y songe pas : cela regarde le gouvernement, et le gouvernement enchanté qu'on le laisse tranquille, ne songe pas à se mettre, sans nécessité, quelque mauvaise affaire sur les bras. Chacun sait, en attendant, vers quelle dissolution marche un organisme qui perd la force de réagir. Voilà pourquoi d'accident qu'elle était, la pornographie est devenue fléau.

J'entends d'ici l'objection : On accorde la gravité du mal dans les grandes villes, mais on nie que les petites localités et les villages soient entamés. On me l'écrit de côté et d'autre :

« Vous généralisez trop, la ville que j'habite est indemne ; pour
« ma part, je n'ai jamais rien vu. »

Je suis loin de nier que l'épidémie ne sévisse avec plus
d'intensité dans les grandes agglomérations ; j'affirme toutefois
qu'il faut une forte dose de bonne volonté ou de distraction pour
s'imaginer qu'on habite je ne sais quelle oasis d'innocence à
l'abri de la contagion.

Les chemins de fer pénètrent partout, et avec eux les journaux, surtout les journaux bon marché. Que les plus optimistes
aillent faire un tour jusque sur le quai de la gare voisine,
qu'ils observent la marchandise qu'on y offre et l'âge des
acheteurs qui la demandent, qu'ils contrôlent les lectures de
leurs fils, s'informent de celles qui pénètrent à l'école ou au
lycée et leur quiétude ne sera peut-être plus aussi complète que
par le passé.

En admettant même qu'ils habitent un hameau très isolé, ils
n'auraient pas le droit d'ignorer ce qui se passe plus loin. Plus
loin ? mais c'est la ville où l'on cherche ses vêtements et où
l'on s'approvisionne d'idées toutes faites et de lectures courantes ;
plus loin, c'est la caserne où leurs fils seront exposés tôt ou tard
à lire d'étranges choses et à en faire aussi.

D'autres personnes reconnaissent la réalité du désordre, mais
déclarent que la pornographie n'est qu'un symptôme et que
c'est au mal, lui-même, qu'il faut s'attaquer.

Un symptôme, je l'accorde et un symptôme qu'il vaut la
peine d'observer de très près si l'on se soucie de comprendre la
nature très complexe du désordre.

Le mot de symptôme est toutefois insuffisant si l'on n'entend
par là qu'une simple indication du mal. Le terrain des réactions
sociales est singulièrement fécond. Avant qu'on n'ait eu le temps
d'y prendre garde, l'effet du mal réagit sur celui-ci et l'aggrave.
« Ce n'est qu'un symptôme », dites-vous et les faits vous répon-
dent qu'il y a là, ajoutée à toutes les autres, une cause nouvelle
de corruption. La pornographie résulte sans aucun doute du
relâchement des mœurs, mais on ne peut la tolérer sans hâter
la décomposition sociale.

Du reste les pornographes eux-mêmes me donnent raison.
Quand il leur prend fantaisie de justifier leur répugnante

besogne, que prétextent-ils sinon la nécessité d'en finir avec les préjugés d'un autre âge et de hâter l'éclosion d'un avenir meilleur ? Le dernier de leurs soucis à coup sûr ! Mais cette prétention, si absurde qu'elle soit sous leur plume, prouve tout au moins qu'ils ne se font aucune illusion sur le caractère dissolvant de leur œuvre.

Quelques mots suffisent à la caractériser ; elle n'a qu'un thème : le mépris de la femme. Sa seule préoccupation est de jeter le ridicule sur l'union des sexes et d'avilir les sentiments et les actes qui préparent la venue des générations nouvelles. Lorsque ces misérables ont réussi à couvrir d'immondices les sources sacrées de la vie, ils en sont fiers !

Misérables ? Malheureux, devrais-je plutôt dire. En les lisant on se demande s'ils ont jamais eu une mère à vénérer, une femme dont l'honneur leur fût cher ou une fille à faire respecter. Oui, vraiment de pauvres malheureux, il semble que le ruisseau ait été leur berceau, un mauvais lieu leur seule école !

La pornographie est une insulte quotidienne à la dignité de toutes les femmes : son triomphe serait leur asservissement définitif. Il est certes grandement temps d'en finir avec les servitudes qui accablent la femme et paralysent le libre essor de son activité au foyer ; mais, de grâce, courons au plus pressé, et, avant de songer à ces réformes, dont nul ne reconnaît plus que moi l'utilité, faisons en sorte que le respect de la femme, cette condition absolue de tout progrès social, ne soit pas détruit dans les âmes. Car il ne s'en va jamais tout seul ; avec lui disparaissent les vertus maîtresses de la démocratie. Un viveur a beau faire ; il ne peut plus croire à un idéal de justice. Du mépris de la femme au mépris des faibles, la distance est vite franchie ; mépris des faibles, dédain du peuple, c'est tout un. Que la démocratie ait l'œil sur les cyniques. A force de trafiquer de l'honneur de la femme, il n'est aucune cause — si sainte fût-elle — qu'ils ne prennent l'habitude de trahir.

Sachez-le bien, femmes de France qui lisez ces lignes, c'est une école de cynisme que la presse pornographique est en train d'édifier parmi nous, et ce qui est en jeu en cette affaire ce n'est pas seulement votre honneur mais l'avenir de vos enfants.

Jadis, lorsque la pornographie se cachait dans une arrièrebontique, sous la forme d'un livre coûteux, il fallait se donner de la peine pour subir son influence. Aujourd'hui, l'infamie est mise à la portée des plus jeunes et des moins fortunés. Pour un sou, quatre grandes pages de récits et d'images obscènes! Et puis c'est si facile à acheter, chaque kiosque tient la marchandise, on l'offre même à la porte des écoles et les lycées, souvent on la donne pour rien.

Je voyais un jour un malheureux qui distribuait gratuitement un roman-feuilleton. Le titre se détachait en grosses lettres: l'*Inceste*. Survient une fillette de huit ans, l'homme tend la feuille à l'enfant. Je l'arrache. La mère accourt toute essouflée et toute indignée: Rendez cette feuille à ma fille! — Je lui explique ce dont il s'agit. Peine perdue, je suis contraint de rendre le papier à l'enfant qui s'en va toute joyeuse de l'agiter devant elle comme un trophée. Et, par derrière, le distributeur en guenilles qui s'écrie: « Les canailles de me faire « distribuer cette saleté! Si je ne mourais pas de faim, vrai! « je ne ferais pas ce métier là! Mais pour apporter ça à mes « enfants: jamais! »

Lorsque vous voyagez en chemin de fer avec un lycéen, regardez ce qu'il lit, neuf fois sur dix vous aurez une pénible surprise.

Ce sont là des faits que chacun peut constater, mais ces faits en déterminent d'autres sur lesquels il n'est pas inutile d'insister.

Nul besoin d'être grand clerc, mais tout simplement de connaître les premiers éléments de psychologie pour savoir la corrélation étroite qui existe entre les images qu'accumule le cerveau et les mouvements qu'exécute l'organisme.

« On sait, dit M. Fouillée (¹), que l'enfant et le sauvage ne « peuvent se représenter avec vivacité un mouvement sans « l'exécuter... la séparation du penser et du mouvoir n'est « pas *primitive*, elle est *acquise...*

Il ajoute (²) et je ne saurais trop recommander la lecture attentive de ce passage à quiconque s'occupe d'éducation:

« Un des exemples les plus frappants de l'influence motrice

(1) L Evolutionnisme des Idées-Forces, par A. Fouillée, p. 101.
(2) Ibid. p. 103.

« que peut exercer une simple idée, même vague, c'est ce qui se
« passe dans les organes de la génération à la simple pensée,
« parfois fugitive de l'acte générateur. Ici, l'idée se réalise en
« mouvements et en sensations avec une rapidité et une énergie
« souvent frappantes. Si l'attention, qui enveloppe au fond
« appétition, se concentre sur cette idée, la série d'effets phy-
« siques peut se dérouler jusqu'à la fin. Il y a ainsi entre les
« centres d'idéation et les centres génésiques, une communi-
« cation si prompte qu'elle paraît immédiate, malgré la distance
« qui, dans l'espace, sépare les centres d'idéation des centres
« générateurs. L'idée de la génération est proprement la géné-
« ration qui *commence*. Bien plus, les mêmes effets peuvent
« être suscités, comme par induction, au moyen de représenta-
« tions qui ne sont pas celles mêmes de l'acte générateur : il
« suffit de penser à certaines images, à certaines formes de
« l'autre sexe pour éveiller les impulsions génésiques. »

Ces lignes sont empruntées, qu'on ne l'oublie pas, à un
ouvrage de science expérimentale et non à un traité de morale ;
il ne s'agit pas davantage de théories plus ou moins ingé-
nieuses, mais de faits d'observation. L'éminent philosophe ne
songeait certes pas en les notant, à instruire le procès de la
pornographie. Il l'a fait néanmoins et a confirmé, au nom de
la science, le verdict de la conscience. Je pourrais multiplier
les citations ; je n'aurais qu'à puiser dans les ouvrages de
psychologie physiologique ; mais à quoi bon ? Je risquerais de
fatiguer mes lecteurs. Je me borne à affirmer que sur ce point,
les écoles les plus opposées sont d'accord et que le jour où les
savants se décideront à traiter la question avec les méthodes
qui leur sont propres, l'unanimité sera manifeste. Le spiritualiste
ne s'exprimera pas avec plus de sévérité que le matérialiste.

En attendant qu'ils le fassent, il importe que chaque éducateur comprenne nettement le danger que prépare à nos
enfants l'œuvre pornographique.

C'est elle qui provoque les curiosités malsaines, et hâte
l'éveil d'instincts qui devaient encore sommeiller. En emma-
gasinant dans les jeunes cerveaux les images voluptueuses, elle
crée artificiellement des besoins prématurés et ne néglige rien

pour les exaspérer. C'est le système de la serre chaude appliqué sans trêve ni repos aux facultés dont le développement pour être sain, doit être aussi lent que possible. L'activité cérébrale est surexcitée et faussée, l'imagination surchauffée et salie. La virilité apparait à peine que déjà elle est sollicitée et épuisée par le vice précoce. Disons-le sans périphrases, la gravité du sujet ne les supporte pas : C'est la pornographie qui égare les pas du jeune homme vers les mauvais lieux. Elle est, à tout prendre, la littérature de la maison publique, celle qui en sort et qui y conduit ; elle est le proxénétisme par la plume, mille fois plus dangereux que celui par la parole.

Une démocratie qui s'inspirerait uniquement du principe démocratique par excellence, je veux parler du respect de la personnalité humaine, assimilerait sans hésitation aucune l'œuvre des pornographes à l'excitation publique des mineurs à la débauche et la frapperait de la même peine. Pour le moment au lieu de les punir, on les décore ! Et c'est notre jeunesse qui est sacrifiée, les forces vives de la nation qui sont entamées, la réserve de l'avenir qui est mise en danger.

La France a besoin d'hommes qui puissent édifier des foyers : la pornographie lui prépare des incapables ; elle dégrade le foyer et accélère la dépopulation.

La France réclame des citoyens qui aient le souci de la justice : la pornographie lui prépare des sceptiques qui ne savent que hausser les épaules.

La France veut des soldats pour la défendre : la pornographie lui prépare des dégénérés.

J'ai vécu, durant ma jeunesse, chez des peuples qui pensent et agissent autrement que nous. Préoccupés par-dessus tout de conserver les priviléges de la santé physique et de la vigueur morale, ils estiment qu'on ne saurait entourer de trop de voiles et de trop de respect les sentiments et les actes d'où procède la vie. Leur littérature exalte à l'envie la pudeur de l'âme et la chasteté du corps parce qu'elle y voit les meilleures gardiennes de la virilité des individus et de la grandeur de la nation.

On répète, je le sais, que ces peuples sont hypocrites, grossiers, dépourvus des qualités aimables qui distinguent notre race. C'est possible. Toutefois il est aisé de voir que si grossières qu'elles nous semblent, ces nations se multiplient, qu'elles débordent leurs frontières, qu'elles marchent à la conquête du monde et que dans cent ans leur pavillon flottera peut-être sur tous les coins du globe, tandis que du train dont vont les choses, le nôtre... Je n'achève pas ; les drôles qui préparent la ruine de la patrie m'accuseraient sans doute de manquer de patriotisme. Et pourtant ceci est certain : si le pire ennemi de la France eût juré de détruire coûte que coûte et à tout prix les conditions même de notre vie nationale, il n'eût pu imaginer ni subventionner aucune entreprise plus efficace que la presse pornographique.

II

LES COMPLICES

Vous allez sans doute me demander pourquoi l'autorité n'intervient pas. Dès que quelque chose va mal en France, nous avons l'habitude de nous écrier : Et l'autorité ?

Je ne suis, pour ma part, à aucun degré, idolâtre de l'État. Si son intervention me semble nécessaire dans le domaine économique, je la redoute dans le domaine moral. Il y a toutefois même là, un minimum d'action qui lui incombe ; il lui appartient, par exemple, de garantir la sécurité et la décence de la voie publique. Son rôle est de prévenir les manifestations publiques du mal et, lorsqu'elles se produisent, de les réprimer.

La rue est par conséquent le domaine propre à l'État. Il y est chez lui, et rien de ce qui s'y passe ne doit le laisser indifférent. Que sa surveillance se relâche, les mauvais prennent le haut du pavé tandis qu'il ne reste plus aux honnêtes gens qu'à s'enfermer chez eux.

Et s'il ne s'agissait que des hommes faits, passe encore ! Je ne vois après tout et je n'entends que ce qu'il me plaît de voir et d'entendre.

Mais ce sont nos enfants qui sont en péril. La loi a rendu l'instruction obligatoire ; il faut bien que je me sépare d'eux chaque matin. Je n'ai pas le loisir de les conduire à l'école. Je ne suis pas assez riche pour les faire accompagner. C'est bien le moins que l'État qui leur commande ce trajet, veille sur eux pendant qu'ils le font.

A quoi bon me demander mes enfants, à quoi bon me contraindre à contribuer aux dépenses de l'instruction publique, si on ne peut empêcher le dévergondage de la rue et les étranges exercices de lecture qu'on y reçoit, de ruiner systématiquement les bons effets de l'école ?

Les peuples de l'Europe semblent peu à peu comprendre que la question de l'enfant est la question sociale par excellence. On vote dans tous les Parlements des lois qui protègent l'enfant à l'atelier. En France, on a même eu le courage — et j'y applaudis — de défendre l'enfant contre certains abus de la puissance paternelle. On s'ingénie ainsi à faire obstacle à la méchanceté et à la cupidité du chef de famille, aussi bien qu'à celle du patron. Le pornographe jouerait-il dans notre démocratie le rôle de je ne sais quel privilégié que seul la loi n'oserait frapper ? On se préoccupe beaucoup du sort des enfants moralement abandonnés. Hélas ! tant que l'exploitation pornographique sera tolérée, tous nos enfants seront à certains égards des *moralement abandonnés*.

Qu'on vote donc une loi, va-t-on me dire. — Voter une loi, à quoi bon ? Elle existe. — Comment ça ? — Non seulement elle existe, mais elle a été soigneusement amendée afin d'agir avec plus d'efficacité. — Mais alors ? — Mais alors elle ne sert à rien, parce qu'elle n'est pas appliquée (1).

La loi n'est pas appliquée, en sorte que le scandale moral dont nous nous plaignons est doublé d'un scandale judiciaire et politique qui vaut la peine d'être exposé en détail.

La loi sur la presse du 29 juillet 1881 visait expressément tous les genres d'outrages aux bonnes mœurs commis par la presse.

Art. 28. — *L'outrage aux bonnes mœurs commis par l'un des moyens énoncés en l'art. 23.* « (C'est-à-dire : *Soit par des discours,* « *cris ou menaces proférés dans les lieux ou réunions publics,* « *soit par des écrits, des imprimés vendus ou distribués, mis en* « *vente ou exposés dans des lieux ou réunions publics, soit par* « *des placards ou affiches, exposés aux regards du public), sera* « *puni d'un emprisonnement d'un mois à deux ans et d'une* « *amende de 16 francs à 2,000 francs. Les mêmes peines seront* « *applicables à la mise en vente, à la distribution ou à l'expo-* « *sition de dessins, gravures, peintures, emblèmes ou images* « *obscènes. Les exemplaires de ces dessins, gravures, peintures,* « *emblèmes ou images obscènes exposés aux regards du public,* « *mis en vente, colportés ou distribués seront saisis.* »

Le législateur ne s'est pas contenté de cette loi. En effet l'expérience ne tarda pas à démontrer qu'elle était insuffisante ;

_____

(1) Je parle plus loin des timides essais de répression tentés à Paris depuis quelques semaines. Après de longues années d'inertie, il y a là un effort dont il faut tenir compte, pourvu qu'il soit durable.

elle avait déféré au jury les outrages aux mœurs, à l'exception des dessins obscènes :

Art. 45. — Les crimes et délits prévus par la présente loi sont déférés à la Cour d'Assises. Sont exceptés et sont déférés aux tribunaux de police correctionnelle les délits et infractions prévus par l'article 28. § 2.

En conférant aux écrits obscènes le caractère politique qui seul rend nécessaire la juridiction du jury, on avait commis une grosse erreur. La loi du 2 août 1882 vint heureusement la réparer. Comme c'est cette loi qui nous régit actuellement, il vaut la peine de s'y arrêter.

« Le développement qu'ont pris depuis quelque temps les publica-« tions obscènes, disait le Garde des Sceaux dans son exposé des « motifs du 2 mars 1882, a soulevé dans le public et la presse une « réprobation générale. Très préoccupé des devoirs qui lui incombent « en présence de ces atteintes audacieuses à la pudeur publique, le « gouvernement s'est inquiété de cette situation et des moyens de « lui porter remède.

Le rapporteur, M. Ferdinand Dreyfus, déclarait « que le « législateur ne pouvait se résigner à ce que la femme et l'en-« fant qui passent dans la rue courent le risque d'avoir l'esprit « flétri par les gravures obscènes et la lecture des journaux « cyniques. »

La loi fut votée à la Chambre des Députés par 426 voix contre 47, et au Sénat, sans débat, presque à l'unanimité.

En voici les dispositions essentielles :

Loi du 2 Août 1882 ayant pour objet la répression des outrages aux bonnes mœurs, (rendue applicable aux colonies par le décret du 6 Mars 1883.)

Article Premier. — Est puni d'un emprisonnement de un mois à deux ans et d'une amende de seize à trois mille francs (16 à 3000 fr.) quiconque aura commis le délit d'outrages aux bonnes mœurs, par la vente, l'offre, l'exposition, l'affichage ou la distribution gratuite sur la voie publique ou dans des lieux publics, d'écrits, d'imprimés autres que le livre, d'affiches, dessins, gravures, peintures ou images obscènes.

Art. 2. — Les complices de ces délits, dans les conditions pré vues et déterminées par l'Art. 60 du Code pénal, seront punis de la même peine, et la poursuite aura lieu devant le tribunal correctionnel, conformément au droit commun et suivant les règles indiquées par le Code d'instruction criminelle....

La loi est claire, elle prévoit tous les cas, elle est expéditive et de l'avis des divers magistrats que j'ai fait consulter, elle est satisfaisante. Elle n'a qu'un défaut, celui d'être demeurée à l'état de lettre morte.

Le Parquet refuse de poursuivre. Je ne dis pas qu'il n'y ait eu çà et là quelque faible tentative mais nulle part on n'a essayé une application persévérante et énergique de la loi. La loi est en train de devenir caduque par la faute des fonctionnaires chargés de s'en servir, et, peu à peu, sans qu'on y pense, la prescription s'établira en faveur de délits contre lesquels le Parlement a trouvé nécessaire de légiférer mais contre lesquels le Parquet renonce à sévir.

Les faits abondent : je n'en cite que deux qui caractérisent la situation.

Le premier se passe à Paris, le second en province. Il y a quelques années un journal avait fait afficher et distribuer à Paris un numéro prospectus. Le contenu était digne des pornographes émérites qui exploitent cette triste feuille. Un distributeur glisse le numéro dans la main de la fille d'un de nos amis. Celui-ci court tout ému chez un des membres les plus influents du Parquet. « Abominable, s'écrie ce dernier, oui, certes nous ne demanderions pas mieux que d'ordonner des poursuites, mais un échec est à craindre » puis après avoir réfléchi : « Tenez, il me vient une idée, je la crois bonne ; au lieu de faire poursuivre à Paris, nous mettrons en mouvement un Parquet de province, puisque la province a été inondée de ces ignominies aussi bien que Paris. Nous aurons ainsi l'occasion de tâter tout doucement l'opinion et si nous réussissons là-bas, nous irons de l'avant. »

J'ignore si le Parquet a poursuivi et obtenu gain de cause *là-bas*. Ce que je sais, c'est qu'il a fallu plus de deux mois à la pluie et à la neige pour nettoyer les murs de Paris de toute cette prose immonde. C'est peut-être par crainte de se salir les mains que les sergents de ville n'y avaient pas touché ?

Voici maintenant, le langage que l'on tient en province. Le Comité régional de notre Ligue dans une des plus grandes villes de France, prie le Procureur de faire saisir je ne sais quelle vilenie. Celui-ci est désolé (depuis quelques années le Parquet est toujours désolé, ce qui ne l'empêche pas de persister dans une inertie désolante) « passe encore, ajoute le magistrat, si la feuil-« le signalée était imprimée dans notre localité, mais elle est « éditée à Paris, et l'on ne peut vraiment pas nous demander de « faire la leçon à nos chefs hiérarchiques ! »

Vous apercevez le cercle vicieux ! A Paris, la magistrature dit : « Que la province agisse d'abord ». En province on répond : « Que Paris commence ». Et le mal continue à grandir. (1)

Quant au pouvoir exécutif les promesses ne lui coûtent rien, il les prodigue sans se soucier du sort qui leur est réservé.

(1) Lire à l'appui de nos observations, l'article du journal *Le Temps*, du 9 avril 1891 :

« Notre article d'hier sur la licence scandaleuse des affiches nous a valu la lettre suivante qui éclaircit complètement et résout la question juridique. Nous nous demandions si le parquet et la police étaient suffisamment armés pour s'opposer à cet envahissement de la rue. Comme notre honorable correspondant le démontre, il n'est pas nécessaire de faire une loi nouvelle. La loi de 1882 est formelle ; elle donne le droit de saisie préventive et soumet les délits d'affichage à la juridiction correctionnelle. Ce qui se passe est dès lors sans excuse. Ce n'est pas la loi qui fait défaut. En cette circonstance comme en beaucoup d'autres, c'est l'énergie de ceux qui ont mission de l'appliquer. C'est donc à eux qu'il faut s'adresser et leur demander d'assurer la sécurité morale de la rue, comme, en d'autres temps, on leur demandait d'en assurer la sécurité matérielle :

Paris, 8 avril.

Au Directeur du *Temps*.

Mon cher directeur,

Vous vous élevez avec raison, dans votre numéro d'hier, contre l'envahissement de la rue par les affiches ou réclames contraires aux bonnes mœurs, et vous vous demandez d'où vient l'exception faite en leur faveur par la loi des 2-1 août 1882.

Comme ayant été le rapporteur de cette loi à la Chambre des Députés, permettez-moi de vous faire remarquer qu'elle ne fait aucune différence entre les écrits et les affiches.

L'article premier frappe d'amende et de prison quiconque aura commis le délit d'outrage aux bonnes mœurs par la vente, l'offre, l'*exposition*, l'*affichage* d'écrits, d'imprimés autres que le livre, d'*affiches*, dessins, gravures, peintures, emblèmes ou images obscènes.

Les articles suivants ont pour objet d'appliquer aux délits de cette nature une procédure expéditive et de les soumettre à la juridiction correctionnelle.

Ce que les Chambres avaient précisément voulu atteindre, ainsi qu'en témoignent les débats et les rapports, c'était justement « la spéculation, le commerce des publications obscènes qui envahissent la voie publique et déshonorent nos grandes villes ».

Ce n'est donc pas au législateur de 1882 qu'il faut s'en prendre de l'impunité dont vous vous plaignez à si juste titre.

Croyez à mes meilleurs sentiments.

FERDINAND DREYFUS,
*Avocat à la Cour de Paris,
ancien député.*

Rien de plus significatif à cet égard que l'épisode de notre pétitionnement.

En 1887, la Ligue Française entraînée par l'ardente parole d'un grand patriote, qui fut durant sa vie le serviteur de toutes les causes généreuses, le sénateur E. de Pressensé, décida de tenter un vigoureux effort pour soulever l'opinion publique contre la pornographie (1). Elle convia ses amis à signer une pétition au Sénat.

En quatre mois nous recueillions plus de trente mille signatures. Elles pleuvaient de tous les coins du pays et de toutes les classes de la Société.

Parmi les signataires on trouvait des membres du corps enseignant en nombre important, recteurs d'académie, inspecteurs généraux, chefs d'institutions, directeurs d'écoles primaires, professeurs de l'enseignement secondaire ; on rencontrait également des membres des administrations publiques et des corps élus, conseillers généraux, conseillers municipaux, maires, juges de paix, notaires, avocats, ecclésiastiques. Parfois la pétition était signée par le curé, le rabbin et le pasteur ; d'autres fois par le président de la libre-pensée, le curé et le pasteur. Venaient ensuite des commerçants, des industriels, des ouvriers et des paysans. Toutes les régions de la France étaient représentées : mineurs des bassins du Nord et de la Loire, pêcheurs de la Bretagne, montagnards des Cévennes, ouvriers de Paris et de Lyon, agriculteurs du midi et de l'ouest, etc., etc... On peut dire sans exagération que parmi ces trente trois mille pétitionnaires se trouvaient des adhérents de toutes les écoles philosophiques et religieuses et de tous les partis politiques. C'était une coalition des consciences en détresse.

M. de Pressensé, chargé du rapport de la Commission, prononça au Sénat, le 15 juin 1888, un discours digne de la grande cause qu'il défendait, inspiré par le patriotisme le plus élevé et le plus clairvoyant. M. Bérenger, l'éminent philanthrope, appuya

_____

(1) J'ai dit ailleurs la part considérable prise par Edmond de Pressensé à la campagne contre le vice. C'est lui, qui le premier, proclama la nécessité de la lutte. Il en fut l'initiateur et jusqu'au bout continua à y participer. Et s'il est tombé avant l'heure sur le champ de bataille, c'est pour n'avoir pas voulu ménager ses forces. Avant de mourir il nous fit savoir à quel point le réjouissait la nouvelle campagne décidée par la Ligue. Son noble exemple nous entraîna jadis à la lutte, son souvenir nous y soutiendra.

son collègue de sa parole énergique et respectée. Il demanda que les pétitions fussent renvoyées au Ministre de l'Intérieur, aussi bien qu'à celui de la Justice pour que la police des rues fût enfin faite sérieusement. A l'unanimité le Sénat vota le renvoi des pétitions aux deux ministres. Le lendemain, le président du Conseil annonçait au Conseil des ministres qu'il allait envoyer aux préfets une circulaire pour leur recommander de veiller avec une extrême rigueur à l'application des lois sur les publications contraires aux bonnes mœurs. Quelques jours après les applaudissements de la Chambre des députés accueillaient les paroles de M. Frédéric Passy qui reprenait à son compte les protestations de MM. de Pressensé et Bérenger.

Enfin une circulaire du Garde des Sceaux, en date du 6 novembre, invitait les membres du parquet à une répression rigoureuse et affirmait que « *le Ministère public était aujour-* « *d'hui complètement armé pour agir rapidement en temps* « *utile contre les auteurs, vendeurs ou propagateurs d'écrits* « *qui portent atteinte à la morale publique* ».

A ne consulter que les apparences, le succès de notre pétitionnement était complet. Il est toutefois très sage de se défier des apparences, c'est-à-dire de la prose officielle et des déclarations ministérielles. Autant en emporte le vent.

En réalité, notre entreprise ne fut qu'un coup d'épée dans l'eau. La circulaire du Garde de Sceaux fut impuissante à mettre en mouvement le Ministère public, qu'elle déclarait si bien armé, mais qui continuait à affirmer le contraire. Qu'on se rappelle l'aveu d'un des membres les plus influents du Parquet. Il est tout juste de la même date que la circulaire en question.

Quant à celle du Ministre de l'Intérieur, j'ai vainement essayé d'en prendre connaissance et j'ai même fini par me demander si elle n'était pas restée à l'état de simple promesse. Après tout *de minimis non curat prætor*, le préteur n'a cure d'aussi misérables peccadilles. Le préteur, traduisez : l'homme d'Etat qui a le sentiment de sa haute valeur.

Avec le ministère suivant l'orientation politique changea, mais l'attitude à l'égard de la presse pornographique ne se modifia pas. Elle devint même assez bienveillante pour que, quelques mois plus tard, le Gouvernement trouvât bon de décorer l'un des vétérans du journalisme en pleine fange.....

Compagnons anarchistes, je crois vraiment que vous pouvez rentrer chez vous. Plus n'est besoin de peiner à votre besogne. De plus forts que vous se chargent de hâter la dissolution sociale. Compagnons ! riez, buvez, chantez. La débâcle s'annonce comme prochaine. Toutefois, écoutez mon conseil : faites-vous auparavant un cœur de pierre, car la détresse des convulsions finales sera grande, et la plainte des femmes et le cri des enfants si déchirants, que les plus rudes détourneront la tête pour cacher leurs larmes.

Pour le moment, il est juste, ne serait-ce que pour aider au jugement impartial de l'histoire, de faire la part de chacun dans les responsabilités encourues.

Je ne parle pas des malfaiteurs ; j'ai décrit leur œuvre, cela suffit. Il y a toujours eu des malfaiteurs, mais leurs entreprises contre la société ne peuvent réussir aussi longtemps que celle-ci ne leur fournit pas les complices dont ils ont besoin. C'est aux complices que j'ai affaire.

J'accuse en première ligne la magistrature (1). Inutile d'insister sur l'inertie dans laquelle elle s'obstine : en refusant de se servir des armes que la législature lui a remises, elle assume une lourde responsabilité.

Gardienne de la loi, elle la déconsidère et met en danger

_____

(1) Au moment où je termine cette brochure, les journaux de Paris parlent de plusieurs saisies faites, les unes par ordre du préfet de police, les autres en exécution d'une ordonnance de M. Atthalin, juge d'instruction, toutes en vertu de la loi de 1882. Le régime de la torpeur aurait-il fait son temps ? Nul ne s'en réjouirait plus que nous, mais nous attendrons, avant d'applaudir au courage des magistrats, que la répression ait acquis le caractère systématique et persévérant sans lequel ses efforts restent stériles.

M. Maret, qui met son talent au service d'une triste cause, s'est érigé en défenseur bénévole de la liberté pornographique. Il vient d'écrire quelques articles aussi spirituels que cyniques contre l'intervention de la magistrature. Nous ne songeons certes pas à nier que certains magistrats n'aggravent l'immoralité sous prétexte de la combattre. Il y a eu, depuis quelque temps, de coupables maladresses et de scandaleuses mises en scène qui ont rempli de dégoût les honnêtes gens. Nous ne voyons toutefois pas dans ces concessions faites par quelques magistrats aux tendances pornographiques de l'époque, une raison d'attaquer ceux qui font leur devoir en luttant, la loi en main, contre ces mêmes tendances. Et puis le brillant journaliste oublie une chose : la protection due à l'enfance, et c'est pourtant là le nœud de la question.

M. Maret n'a pas d'enfants sans doute ! Qu'il nous permette, à nous qui en avons, d'être beaucoup moins spirituels mais un peu plus pratiques que lui.

du même coup les libertés publiques. Dans un pays réputé libre, la liberté de chaque citoyen n'a d'autre garantie que le respect de la loi imposé à tout le monde. Lorsque le soin de la répression est confié à des mains défaillantes, la loi perd toute autorité et la liberté individuelle n'est plus qu'un mot à l'usage des naïfs et des orateurs en quête de périodes sonores.

Il y a plus : aucune société ne pouvant vivre sans quelque apparence d'ordre, la loi ne peut tomber en désuétude sans que s'élaborent, sous la pression des besoins du moment, une série de prescriptions et d'habitudes administratives. A côté de la législation officielle qu'on commente dans les écoles de droit, se développe ainsi une législation borgne, dépourvue de sanction légale et marquée au coin de l'arbitraire ; on ne l'enseigne nulle part mais on finit par la pratiquer partout. Ses défenseurs, et elle en compte de nombreux et de très ardents, affirment à l'envi la nécessité du vice et la nécessité d'en tolérer certaines manifestations publiques. Ils demandent qu'on réglemente par dessous main ce minimum réputé inévitable, afin de ne pas compromettre la majesté de la loi en la faisant intervenir dans un domaine qu'elle doit ignorer ; comme si la pire offense faite à la loi n'était pas de pouvoir impunément la violer !

Il valait bien la peine de faire la Révolution de 1789 pour revenir au bout d'un siècle au régime du bon plaisir. La tolérance dans l'arbitraire, l'arbitraire dans la tolérance : voilà en deux mots le système dont nous sommes menacés.

On a commencé par la prostitution, on a continué par le jeu sous toutes ses formes ; actuellement c'est le tour de la pornographie ; pour peu que cela dure, la loi ne sera bientôt plus qu'une de ces choses mortes sur lesquelles chacun piétine en passant.

Mais si grave que soit en cette affaire la faute commise par la magistrature, celle-ci a le droit de réclamer le bénéfice des circonstances atténuantes. Comment ne pas reconnaître en effet la situation délicate et difficile que lui créent les errements du pouvoir exécutif ?

Peut-on s'étonner si tel modeste procureur de la République hésite à poursuivre un journal dont le rédacteur le plus en vue vient d'être décoré par le Gouvernement ? Comment requérir contre le journal sans que le réquisitoire ne fasse ricochet et n'aille atteindre le ministre ? Ce serait vraiment de l'héroïsme. On admire l'héroïsme, on y applaudit, on n'a pas le droit de l'exiger. Avec une profonde tristesse mais avec une entière conviction, je suis donc obligé de constater la complicité du Gouvernement tout entier. Il compte, parmi ses membres, de fort honnêtes gens ; raison de plus pour déplorer l'indifférence et la coupable légèreté dont il a fait preuve. C'est l'apathie des bons qui rend possible les plus détestables entreprises.

Il ne suffit toutefois pas de dénoncer celle du Gouvernement pour avoir fait la part de chacun. Il y a quelqu'un de plus coupable que les ministres, et ce quelqu'un, c'est tout le monde. Si l'opinion publique eût fait son devoir, ni le pouvoir exécutif, ni la magistrature n'eussent manqué au leur. C'est là ce qu'il ne faut pas craindre de dire et de répéter sur tous les tons pour peu que l'on se soucie de rester juste, et de ne pas attribuer à quelques-uns les torts de tous.

Eh bien oui, c'est vous lecteur qu'indigne le récit de tant de vilenies, vous et moi, et vos amis et les miens et la foule qui nous coudoie, c'est nous tous, entendez-le bien, qui sommes en dernier ressort coupables du crime de lèse-société et de lèse patrie qui s'accomplit sous nos yeux. Et c'est nous tout d'abord et nous surtout, qui devons être fixés sur les suites de l'entreprise que notre lâcheté n'a jusqu'ici rien fait pour arrêter.

La pornographie triomphante — et elle le sera, si cela continue — c'est le foyer abaissé, la femme avilie, l'enfant flétri, la défense nationale compromise ; c'est encore la presse politique menacée, la répression paralysée, les libertés publiques diminuées de tout ce que perd l'autorité de la loi, la magistrature déshonorée et le Gouvernement tombé au rang des influences tarifées ; c'est enfin et surtout l'abdication des honnêtes gens, désormais complices d'adversaires qui les méprisent et qui font bien.

III

LE REMÈDE

Il n'y en a qu'un : le réveil de l'opinion publique, un réveil qui compte, un réveil qui dure. Avec cela nous pouvons vaincre le mal, sans cela nous sommes perdus.

Mais pour réveiller il faut agiter ; la première chose à faire c'est de l'agitation. En fait d'agitation, la meilleure est celle qui détermine une virile indignation.

Le jour où les protestations éclateront de toutes parts, il sera aisé de donner à l'indignation publique une organisation systématique et efficace.

J'effraye les timides... le seul mot d'agitation leur fait peur. Je les engage à ne pas être dupes des mots et à distinguer entre l'agitation qui est malsaine et celle qui est féconde. La première excite les appétits et engourdit les consciences ; la seconde donne à chacun le sentiment de sa propre responsabilité, l'amène à reconnaître ses erreurs et l'entraîne sur la voie des réparations nécessaires. C'est cette agitation salutaire et moralisatrice au premier chef, celle-là seulement et aucune autre que nous souhaitons de provoquer.

Les hommes prudents insistent: « A quoi bon s'attarder à « un pareil effort, tandis qu'il serait plus simple et plus pra-« tique de s'adresser directement à qui de droit? Pourquoi ne « pas avoir recours à quelques députés, provoquer une inter-« pellation et s'efforcer d'obtenir du gouvernement l'exécution « rigoureuse de la loi ? »

Plus simple, plus pratique? Vous le croyez ? Eh bien je me permets d'affirmer le contraire. Relisez avec attention le récit que je vous faisais plus haut de notre pétitionnement au Sénat. Si jamais histoire eût une morale facile à dégager, c'est bien celle-là. Nous avons obtenu tout ce qu'il était possible d'obtenir, et au delà : vote unanime du Sénat, manifestation sympathique à la Chambre, promesses ministérielles sonores, doublées de la publicité de l'Agence Havas, circulaire du Garde des Sceaux :

rien n'a manqué. Et pourtant cela n'a servi à rien. La répression a continué à sommeiller et le mal à grandir. C'est que notre Ligue avait commis une erreur capitale ; elle avait arrêté le pétitionnement tandis qu'il ne faisait encore qu'effleurer les couches profondes de l'opinion publique. Un mouvement se dessinait. Si nous eussions continué pendant un an à agiter et à agiter dans la même direction, le mouvement eût acquis une intensité considérable et nous fussions arrivés devant les Chambres dans des conditions bien différentes, non pas avec des prières mais avec des sommations.

La leçon nous a coûté assez cher pour que nous en fassions notre profit.

Du reste que cela nous plaise ou nous déplaise, nous vivons dans une démocratie, et dans une démocratie, il n'y a qu'une puissance souveraine : l'opinion publique. Impossible d'agir sans elle ; elle fait trembler le Parlement et quand il lui plaît de casser les arrêtés du Gouvernement, il faut bien que celui-ci s'incline. Qu'elle réclame avec insistance une loi, les Chambres la votent. Qu'elle prenne au contraire sous sa protection les coupables, le Ministère public requiert en vain.

Je ne fais pas le panégyrique de cet état de choses, je me borne à le constater et à indiquer la conclusion qui s'impose. Nous aurons beau gagner à nos efforts la sympathie des membres les plus éclairés et les plus énergiques du Parlement ; ceux-ci auront beau nous donner les promesses de concours les plus positives et les plus sincères, si l'opinion reste hostile ou indifférente à notre entreprise, nous n'aboutirons pas.

Il faut voir les choses telles qu'elles sont. Il y a dans les Chambres, comme partout ailleurs, l'élite, et il y a la masse : quelques hommmes qui ont grand souci du bien public à côté de beaucoup d'autres qui ne s'inquiètent que de leurs électeurs.

Si l'opinion publique ne se prononce pas, c'est que l'électeur ne demande rien ; si l'électeur ne demande rien, bien fou le député qui se mettrait en peine de faire quelque chose.

Je l'entends d'ici : « Me mettre à dos, sans nécessité aucune, « la presse pornographique ! Mais vraiment vous n'y songez « pas. Cette presse inonde ma circonscription ; elle est sans « scrupules ; que je m'avise de l'attaquer et ce sera la diffa-

« mation à jet continu. Non certes je ne risquerai pas mon
« avenir politique dans une pareille aventure... »

Ce langage n'a rien d'héroïque, mais il est naturel....

Je suppose même que la majorité des députés, en veine
exceptionnelle de courage civique se laissât arracher un vote
mettant le Ministère en demeure d'appliquer la loi, celui-ci se
garderait bien d'agir avant d'avoir procédé à sa petite enquête.
Il s'efforcerait avant tout de savoir les causes réelles du vote.
Y a-t-il là l'indication d'une volonté arrêtée ou l'effet d'un simple
emballement ? A l'état de l'opinion publique de fournir la
réponse. Si l'opinion s'agite, l'intérêt électoral des députés
exige qu'on fasse quelque chose. Le Ministère prendra le vote
au sérieux. Que le baromètre populaire marque au contraire
calme plat, le pouvoir exécutif comprendra qu'il se trouve en
face d'une manifestation sentimentale dont il ne vaut pas la
peine de tenir compte, et l'ordre du jour, si fortement motivé
qu'il soit, ira rejoindre au panier ministériel ses nombreux
devanciers.

On le voit, de quelque côté qu'on retourne la question on
aboutit toujours à la même conclusion, et l'on se persuade que
les démarches tentées auprès des pouvoirs publics ne produiront
aucun résultat décisif aussi longtemps qu'elles n'auront pas été
précédées d'un réveil sérieux de l'opinion publique (1). Réveil-
lons donc, agitons donc, puisque le salut est à ce prix.

Toutefois entendons-nous. C'est l'agitation intelligente que
nous recommandons. Le brouillon s'agite sans que personne
ne bouge, l'homme intelligent combine son effort de manière à
déterminer d'autres efforts.

Pour commencer allons au plus près.

Le plus près c'est la localité que nous habitons. Si petite
qu'elle soit, elle possède une école. Gagnons à notre œuvre
d'assainissement moral le personnel enseignant. Il y est direc-

---

(1) En parlant ainsi je ne songe en aucune façon à déconseiller tout
espèce de démarches auprès des autorités Au contraire je conseille énergiquement à nos amis de ne pas craindre de fatiguer les autorités locales de
leurs réclamations ; ils obtiendront ainsi certains résultats partiels qui ne
sont pas à dédaigner. Tout recours aux autorités ou au Parlement est en
outre un puissant moyen d'agitation publique et doit être préconisé à ce
titre. Ce que je déclare chimérique c'est uniquement l'espoir d'une victoire
définitive obtenue sans pression générale et persévérante de l'opinion publique.

tement intéressé. L'instituteur possède une légitime influence; converti à notre entreprise, il nous amènera d'importantes recrues.

Adressons-nous également aux ecclésiastiques des diverses communions et aux membres des loges maçonniques. « Mais ces institutions se combattent? » Peu nous importe. Notre Ligue observe la neutralité la plus absolue ; leurs querelles ne nous concernent pas. Notre tactique reste aussi simple que loyale ; nous considérons comme notre allié naturel quiconque a souci de la jeunesse française et nous lui disons : aidez-nous, votre œuvre — qu'elle quelle soit — bénéficiera de chacun de nos succès.

Allons ainsi, sans crainte, chercher des adhérents partout où l'on se préoccupe de la protection de l'enfance : syndicats ouvriers, associations hygiéniques, sociétés philanthropiques, etc... affirmons-y hautement que la vigueur du corps est chose bien précaire lorsqu'elle est accompagnée de la pourriture de l'âme. Gardons-nous surtout de rapetisser la question, de la traiter seulement d'une façon négative, en nous bornant à signaler le désordre et la nécessité de la répression. Ne souffrons, à cet égard, aucune équivoque. Disons nettement que pour nous, la question morale prime toutes les autres et que nous ne demandons pas à l'État de la résoudre. Qu'il empêche certaines tentatives de démoralisation et il aura fait tout son devoir. Le reste ne le regarde pas, et le reste, qu'on ne l'oublie pas, c'est l'essentiel.

En effet, la répression la plus sévère et la plus vigilante demeure stérile sans un vigoureux effet de moralisation, et le résultat de l'œuvre moralisatrice dépend uniquement de la valeur des hommes qui s'y consacrent. Il nous importe bien plus de conquérir à nos vues la sympathie des éducateurs que d'attirer sur quelques manœuvres de lettres les rigueurs de la loi, et nous n'aurons rien fait qui dure tant que nous n'aurons pas réussi à inspirer aux hommes qui, à un titre quelconque, ont charge d'âmes parmi nous, les sentiments d'indignation qui nous animent. Mais si nous y parvenons, nous pouvons être sans crainte sur le sort des générations qui nous suivent. Elevées avec l'horreur des choses qui dégradent, elles seront à l'abri des entreprises qui nous effrayent aujourd'hui. Et s'il reste quelques pornographes, ils n'inspireront plus que du dégoût.

Tout gît donc dans la réforme morale. Le reste n'est que l'accessoire.

Un honnête lieu commun ! va-t-on me dire. Cela se peut mais attendez que je précise. J'ai parlé de sentiments à inspirer. Avec des sentiments on peut préparer une réforme ; pour l'accomplir, il faut davantage ; un principe est indispensable.

Où le trouver ? Je réponds : dans la conception même du régime démocratique.

Le gouvernement de tous par tous suppose le droit de chacun au respect de tous.

Qu'on dénie à l'individu ce droit au respect et du même coup on nous fait tomber dans la plus brutale démagogie.

Le respect de la personnalité : voilà le principe de la Réforme démocratique. Il y aurait des volumes à écrire sur ce sujet, mais il m'est interdit de m'attarder en chemin et je vais tout droit aux applications pédagogiques.

Dans l'éducation du jeune homme, durant la crise décisive qui marque le début de la virilité, le respect de la personnalité humaine revêt une forme très particulière, très concrète et s'appelle le respect de la femme. Ne criez pas au paradoxe. Les faits sont là qui parlent plus haut que nos déplorables préjugés.

Nul ne contestera que l'idée que nous nous faisons de l'homme en général, ne dépende en dernier ressort de celle que nous avons de nous-mêmes. Pour celui qui perd le respect de soi-même, la valeur de la personnalité n'est plus qu'un mot vide de sens. Et le respect de soi-même — chez le jeune homme tout au moins—disparaît entièrement avec le respect de la femme.

Il suffit d'observer le ton avec lequel un jeune homme traite certains sujets pour savoir à quel point il s'estime lui-même et l'opinion qu'il a de l'existence.

Si nous déclarons une guerre à mort à la pornographie, c'est parce qu'elle mine dans l'âme de l'enfant la possibilité du respect, parce qu'elle est la négation insolente du principe même de la Réforme démocratique, et que son succès définitif marquerait l'avortement de nos plus chères espérances.

Voilà ce qu'il ne faut pas se lasser d'expliquer à tout éducateur qui prend sa mission au sérieux. Insistons en même temps auprès de lui sur le double caractère — répressif et pédagogique — de notre œuvre ; à côté du recours aux moyens légaux que réclame la protection de nos enfants, l'action directe sur leur développement moral par l'affirmation et la diffusion d'un principe nouveau.

On a exalté jusqu'ici le respect de la femme comme une vertu de luxe à l'usage du petit nombre ; prêchons-le désormais comme la vertu démocratique par excellence.

Mais surtout procédons par préceptes positifs. Évitons les défenses qui ne sont pas indispensables, ne multiplions pas les prohibitions. Ce n'est pas en parlant sans cesse du mal qu'on empêche d'y tomber. Bien au contraire. Le plus sûr est de fortifier le jeune homme en allumant dans son âme la flamme des nobles enthousiasmes. Qu'on lui enseigne à se faire une très haute idée de l'existence, qu'on lui montre du doigt les tâches héroïques dévolues aux hommes de sa génération, qu'on lui inculque l'instinct des grandes choses, et on lui aura communiqué du même coup l'horreur de toute bassesse et le souci de sa propre dignité.

La démocratie ne peut se constituer sans la pratique de certaines vertus chevaleresques. Il faut que le fort mette son honneur à servir le faible, et que chaque citoyen devienne, au besoin, le soldat du droit méconnu. Peu m'importe si je fais sourire de pitié les sceptiques et les viveurs ; j'affirme que le respect de la femme contient en germe tout cela.

Merveilleuse société que celle où le principe nouveau produira toutes ses conséquences ! Pourquoi craindre d'y arrêter quelques instants nos regards ? le spectacle en vaut certes la peine : le respect de la femme dissipant les préjugés qu'avaient créés et développés le mépris de la femme, mettant fin du même coup aux antiques servitudes dont souffre notre race ; la femme réintégrée dans ses droits, libre de faire tout son devoir, rendue capable par le respect qui l'entoure, d'accomplir sa tâche dans sa grandeur et dans sa beauté !

Condamné désormais, comme une offense à l'humanité, le mariage abaissé, le mariage de convenance où l'on se préoccupe de tout sauf de savoir si les cœurs se conviennent ! l'affection née du respect, le respect croissant avec l'affection, édifiant chaque foyer pour en faire l'abri des sentiments les plus délicats et l'école de toute liberté et de toute humanité.

L'éducation accomplissant, sous l'impulsion combinée de la volonté raisonnable de l'homme et des puissantes intuitions de la femme, l'œuvre vantée dorénavant comme la plus excellente, en sorte que l'homme qui taille ses chefs-d'œuvre dans le marbre ou les fixe sur la toile soit réputé un bien petit artiste à côté de celui qui, le cœur plein d'un grand idéal, fait vivre sa pensée dans la chair et dans le sang de ses semblables.

Chasteté de l'âme, vigueur du corps, volonté intacte au service d'une intelligence toujours en éveil ; tout ce qui prépare et appelle l'avènement d'une humanité meilleure : vision radieuse entrevue dans les luttes et les détresses de l'heure présente !

Illusion ! dites-vous. Qu'en savez-vous ? Donnez-nous une jeunesse qui grandisse avec le respect de la femme dans son cœur, dans ses pensées, dans ses actes, et vous verrez si je me trompe !

Paulo minora canamus. Revenons à un sujet plus modeste.

Après l'instruction de la jeunesse, celle de l'âge mûr : après la propagande par l'école, celle par la presse. Quel que soit le but visé, que nous le placions très haut et très loin ou très bas et très près, l'appui de la presse nous est nécessaire. On a noirci des monceaux de papier pour exalter et pour dénigrer la puissance de la presse. Je ne perdrai pas une ligne à un exercice oratoire aussi stérile. La puissance de la presse est incontestable et incontestée. Cela me suffit pour avoir le droit de dire à nos amis : mettons les journaux de notre côté.

L'entreprise ne sera ni facile, ni rapide. J'ai dit plus haut l'attitude effacée de la presse honnête à l'égard de l'œuvre pornographique et les lâches complaisances qu'elle a pour celle-ci. Il faudra de vigoureux efforts et des efforts répétés pour amener le journalisme sérieux à répudier toute solidarité avec les feuilles à partie double qui cultivent à la fois le scandale et la politique ; mais ces efforts s'imposent.

Chacun sait le rôle que joue dans la direction d'un journal la question du tirage; la crainte de l'abonné y domine toutes les autres. Que les lecteurs honnêtes — et il y en a beaucoup — se fassent craindre; qu'au lieu de gémir tout bas, ils aient le courage de parler haut et ferme et de se plaindre énergiquement de chaque concession faite au goût pornographique. Qu'au besoin ils agissent ; si le journal fait la sourde oreille, qu'ils procèdent à l'irlandaise : un boycottage ! un désabonnement systématique, une mise à l'interdit dans les milieux où l'honnêteté fait encore la loi ; avec ce système je vous garantis que la résistance sera courte et le journal bientôt contraint de changer d'allures.

La vertu passive ne saurait toutefois nous contenter. Après ce premier succès, il nous en faut un second : il est nécessaire que le journal prenne position contre le désordre et déclare résolument la guerre à la presse infâme. Nous aurons là un excellent instrument pour agiter l'opinion publique La presse domestiquée subit les caprices de la foule ; hâtons l'éclosion d'une presse indépendante qui sache leur résister et créer un courant opposé. Que le journal quotidien devienne la tribune du haut de laquelle soit proclamée, sans trêve ni repos, la nécessité de la Réforme morale, et le triomphe de la véritable démocratie sera proche.

Il suffira, au début, d'obtenir çà et là le concours de quelque journal mieux disposé que ses concurrents ; grâce à ce premier succès, notre action s'établira dans un certain nombre de localités, puis elle s'étendra ; telle région la subira, telle autre finira par être gagnée ; peu à peu toutes les parties du pays seront envahies, et nous nous trouverons enfin dans les meilleures conditions possibles pour parler de façon à être écoutés et compris.

Les corps élus, Conseils municipaux, Conseils généraux, Chambre des députés, Sénat, accueilleront nos démarches avec l'attention qu'elles méritent, et les Ministres n'auront plus la tentation de jeter nos réclamations au panier.

Qui sait du reste si nous aurons besoin de beaucoup insister auprès de ceux-ci ? Le soulèvement de l'opinion publique sera sans doute assez puissant pour remettre chaque chose à sa place et pour rendre à chacun le sentiment de son devoir. La loi recouvrera son autorité, la magistrature son énergie et le pouvoir exécutif un vif sentiment du respect dû à ses décisions.

Mon naïf optimisme vous fait sourire, vous qu'irritait tout à l'heure, mon pessimisme? J'affirme pourtant que je n'affecte ni l'un ni l'autre pour les besoins de la cause. L'histoire m'a enseigné que l'indifférence morale conduit au cynisme et que c'est là un mal dont meurent les peuples aussi bien que les individus. D'un autre côté, je ne crois pas à la fatalité de la ruine ; je suis au contraire fermement convaincu qu'il dépend de nous d'être sauvés.

Mais le salut suppose une transformation radicale de l'opinion publique, et cette transformation ne peut avoir lieu sans un mouvement général des esprits. Un mouvement général implique de son côté une infinité de mouvements partiels : telles les petites vagues qui s'appellent, se cherchent, se rejoignent et finissent par se confondre en une vague gigantesque dont le choc renverse tous les obstacles.

Ces mouvements partiels sont-ils possibles, et, comment les déterminer ? C'est là la question capitale dont l'importance fait pâlir toutes les autres. Si je ne croyais savoir de quel côté se trouve la solution, je ne me serais certes pas fatigué à écrire ces lignes, et j'attendrais les bras croisés, l'effondrement final.

Dès qu'il s'agit de foules à ébranler, le moteur par excellence est la volonté humaine. Qu'un certain nombre de volontés surgissent, et j'affirme que le problème sera résolu. Observez ce que peut un seul homme qui proteste, lorsqu'il met toute son âme et toute sa pensée dans sa protestation. On ne l'écoute pas, il persiste ; on le raille, il continue quand même ; on l'insulte, il ne se décourage pas. Les jours se passent, les semaines se succèdent, sa voix continue à retentir solitaire : au bout d'un an les aliénistes hochent la tête et parlent de l'enfermer, mais voici il est trop tard ; son indignation obstinée a fini par devenir contagieuse. Il n'est plus seul, il est devenu plusieurs, il est un centre autour duquel la résistance s'organise : d'autres centres de résistance se forment et chacun d'eux agit en raison même de l'intensité et de la sincérité de l'émotion qui a déterminé sa formation. Croyez-moi, pour que nous remportions la victoire, c'est assez que quelques hommes se lèvent, chacun de son côté, sans s'occuper de ce que fait ou pense son voisin, afin de répondre au seul appel de sa conscience — et le commencement sera fait.

Des hommes, me direz-vous ! Quels hommes ?

Je réponds : des hommes, des hommes vraiment hommes. L'espèce, je le sais, en est rare, il suffit toutefois qu'il en reste quelques-uns ; s'ils sont là, rien n'est perdu. Mais il faut qu'ils se montrent : aux heures troublées comme celle-ci, une seule chose agit encore, c'est la puissance de l'exemple.

S'ils paraissent, leur vue ranimera les cœurs chancelants ; d'autres hommes feront comme eux et diront : Nous voici.

La science moderne est merveilleuse, elle sonde en jouant les océans et mesure sans erreur les abimes que cache la voûte étoilée. Mais il y a quelque chose qu'elle n'a pas encore réussi à calculer, c'est l'intensité et le rayonnement d'une volonté d'homme que rien ne trouble dans la poursuite du bien de ses semblables.

Je ne méprise certes pas les cadres, les groupements et les associations. Fondée par des hommes qui savent ce qu'ils veulent, l'association devient un merveilleux instrument. Elle peut décupler la valeur individuelle, mais, si bien combinée qu'elle soit, elle ne peut la remplacer. Que l'homme fort disparaisse, l'association périt et meurt ; que celle-ci s'effondre, l'homme survit avec l'énergie qui lui est propre et que nul ne peut lui enlever.

C'est à ces hommes qui n'acceptent le mot d'ordre d'aucune coterie et refusent de s'éparpiller à la surface des choses, mais qui ont le courage d'être eux-mêmes et ont pris le temps de le devenir, à ces hommes qui ne redoutent aucune espèce d'isolement, car partout où ils sont la pensée de l'humanité les accompagne, à ces hommes avant tout, que cet appel est destiné.

Je sais qu'il les trouvera là où ils sont et qu'il les persuadera. Et s'ils me demandent qui je suis pour me permettre un pareil langage, je leur répondrai que je suis un de ceux qui sonnent le rappel des justes. Que leur importe après tout ma personne ? Je n'ai ni intérêt, ni ambition à satisfaire. Un devoir à accomplir ; rien de plus, rien de moins, et mon devoir est de les rappeler à l'accomplissement du leur.

La grandeur de la cause doit faire négliger toute considération de personnes. A l'œuvre donc ! tout retard serait funeste.

Ne voyez-vous pas la démocratie qui s'épuise en efforts chaotiques, affirmant et niant tour à tour la haute valeur de la personnalité humaine. Tantôt elle semble en faire la pierre angulaire de l'édifice qu'elle rêve d'élever, tantôt elle retourne aux errements du passé et sacrifie la dignité de l'individu aux appétits de la masse.

Cette attitude contradictoire ne saurait durer, les temps de la décision approchent. Fût-ce au prix de beaucoup de ruines et de beaucoup de sang, la question exige une solution. Des droits de l'Humanité qui s'incarnent dans les droits de la femme et dans les droits de l'enfant, ou des violences de la Bête qui prétend tout dominer, tout flétrir et tout souiller, lesquels l'emporteront ?

Pour les hommes qui croient à l'avenir de notre race — et vous en êtes, vous les compagnons inconnus auxquels je m'adresse — l'issue dernière n'est pas douteuse ; mais la pensée des péripéties de la lutte étreint l'âme la mieux trempée. Des peuples entiers peuvent y périr. Pourquoi pas le nôtre ?

Et puis vous avez peut-être des enfants... Je regarde les miens et je tremble.

Croyez-moi, si pénible que cela puisse vous sembler, il faut vous lever et vous montrer. Profond est le mal dont souffre notre société ; elle doute d'elle-même, parce qu'elle ne croit plus à la puissance de l'homme. Elle a réduit l'individu à l'état de simple numéro d'ordre. Si elle se soutient encore c'est par la superstition des grands chiffres, des vastes organisations, des cadres gigantesques. Et c'est précisément pour cela qu'il faut, afin qu'elle guérisse, que des hommes paraissent à l'horizon. L'homme se manifestant dans la plénitude de sa volonté sera le médecin parce que sa vue sera le remède. Vous me comprenez : il ne s'agit pas de l'homme qui domine — les plus grands dominateurs n'ont été que des perversions d'humanité — mais de l'homme qui sait haïr le mal de toute l'énergie dont il veut le bien de ses semblables.

Votre fière honnêteté se complaisait jusqu'ici dans la solitude. La seule idée d'entrer en contact avec la foule et ses opinions contradictoires vous répugnait. C'est pourtant là la tâche qui vous appelle et que vous accepterez si, au lieu de consulter vos habitudes, vous écoutez votre conscience et si, considérant la détresse de votre peuple, vous laissez parler votre cœur.

Il n'y aura de salut pour notre pays que le jour où vous vous serez décidés à faire la conquête de l'opinion publique.

Elle est aveugle; à vous de l'éclairer. Elle obéit aux impulsions les plus irraisonnées; à vous de lui faire apprécier les bienfaits de l'effort raisonnable. Elle procède par saccade; enseignez-lui l'esprit de suite et la persévérance. Ses appétits sont grossiers; ils le resteront aussi longtemps que vous ne lui aurez pas révélé un idéal supérieur d'humanité auquel conformer sa conduite.

L'opinion publique est en train de devenir la souveraine du monde. Son avènement marque la fin de toutes les autorités traditionnelles. C'est là un fait accompli contre lequel il serait aussi puéril d'argumenter que contre un rocher de granit. L'avenir seul est entre nos mains et le régime nouveau sera ce que vous le ferez.

Si acceptant la fatigue, beaucoup de dédains et beaucoup de luttes, vous vous appliquez à faire l'éducation de l'opinion publique et à la convertir à la pratique raisonnée du bien; si l'arrachant aux suggestions de l'animalité, vous en faites une puissance de moralisation et d'émancipation, la démocratie deviendra ce règne béni de la justice, préparé depuis des siècles par les labeurs des meilleurs fils des hommes.

Sinon... malheur aux petits, malheur aux faibles, malheur aux pauvres, aux femmes, aux enfants et aux vieillards, et surtout, s'il en reste encore, malheur aux justes! Les pires tyrannies du passé sont douces comparées à celle qui nous attend.

Eh quoi! tout cela à propos de quelques mauvais journaux, va-t-on s'écrier. Pourquoi pas? J'ai dit et répété que la pornographie était à la fois un mal local et le symptôme d'un mal général qui agit sourdement dans toutes les directions.

Après avoir indiqué les divers moyens par lesquels combattre le mal local, je ne pouvais passer sous silence les dangers de toute nature que celui-ci présage. Du reste les pornographes touchent à tous les sujets, se glissent partout et se mêlent de tout. C'était mon droit de les imiter... à ma façon.

I V

NOTRE ENQUÊTE

La *Ligue française pour le Relèvement de la Moralité publique* se fait une très haute idée de l'œuvre à laquelle elle concourt, mais une très modeste de la part directe et immédiate qu'elle peut y prendre.

Notre rôle est d'aller dans la boue, sonner le tocsin des réparations et des purifications sociales ; notre seule ambition, d'être entendus.

C'est pour cela que nous demandons à tous les honnêtes gens que notre voix peut atteindre, de devenir nos collaborateurs dans l'enquête projetée.

Nous attribuons une double utilité à cette enquête. Elle nous fournira tout d'abord des renseignements précis sur les effets de la pornographie dans chacune des parties du pays. Les mieux informés parmi nous ne connaissent avec certitude que l'état de choses qui règne dans les grandes villes. Nous savons que le mal a envahi les petites villes et les campagnes, mais les indications exactes nous font défaut. Il nous importe d'apprendre quelles sont les régions les plus attaquées et celles qui, jusqu'à ce jour, ont été épargnées. Les causes probables de ces différences seront intéressantes à connaître. Il se peut que certaines autorités locales ou départementales aient eu le courage de tenter dans leurs circonscriptions des efforts auxquels on n'a pas songé ailleurs. S'il en est ainsi, il est bon que leur exemple soit connu et soit imité.

A côté de son utilité immédiate, l'enquête en a une autre plus considérable à mon avis. En révélant le mal, elle peut aider à hâter ce réveil de l'opinion publique que nous appelons de tous nos vœux. Le pire obstacle à la réforme morale est l'optimisme dans lequel se complaisent les honnêtes gens. Ils ne voient rien, ils n'entendent rien, ils ne savent rien. Si vous essayez de les renseigner, ils vous accusent d'exagérer. Combien d'hommes dont les propres enfants sont minés par le mal et qui s'écrient : « Le mal ! mais il n'existe que dans votre imagination ! » Il faut faire subir à ces aveugles l'opération de la cataracte. Notre enquête y contribuera ; elle fournira des faits nombreux, de quoi dissiper les plus robustes illusions.

Elle permettra enfin à bien des personnes qui ne savent comment s'y prendre, d'étudier par elles-mêmes la question. Le questionnaire ci-joint que nous adresserons à quiconque en fera la demande, a été rédigé de façon à faciliter leur travail. Il dirige soigneusement l'attention sur tous les détails qu'il est utile de noter.

Ce questionnaire, nous avons hâte de le dire, doit être considéré comme un guide bien plutôt que comme un cadre qu'il suffit de remplir. Nous serions fort mal renseignés si on se bornait à nous renvoyer cette feuille avec une réponse succincte à chaque ligne. Les questions doivent être considérées comme autant de têtes de chapitre du rapport détaillé que nous sollicitons de l'obligeance de nos correspondants.

Qu'on remplisse la feuille elle-même avec les indications sommaires qu'elle réclame, rien de mieux ; on obtiendra ainsi une vue d'ensemble qui aura son utilité ; mais cette succession de oui et de non, panachés de quelques chiffres et de quelques titres de journaux serait, nous tenons à le répéter, sans grande valeur si elle n'était accompagnée d'autre part d'un commentaire circonstancié.

Nous sommes au reste à la disposition de nos collaborateurs pour leur fournir tous les éclaircissements qu'ils pourront souhaiter.

Ceci dit, il me semble utile d'insister sur le caractère restreint de notre enquête. Il serait fâcheux que nos amis, emportés par leur ardeur, prissent la peine de noter des faits qui restent en dehors du champ précis de nos investigations. Nous les prions donc de ne pas perdre de vue un seul instant le trait caractéristique de notre entreprise. C'est le souci de nos enfants qui nous fait agir ; c'est ce souci qui doit nous guider dans tous les détails de notre action.

Je n'ai pas besoin de répéter l'horreur que m'inspirent certains livres de basse littérature. Mais ces livres sont des livres. Leur prix dépasse la modicité des ressources de nos jeunes gens ; en outre on ne peut se les procurer qu'en allant les chercher chez les libraires : deux circonstances qui atténuent le danger qu'ils font courir à nos enfants. Nos collaborateurs feraient donc fausse route en nous signalant ces ouvrages.

Les publications sur la propagande desquelles nous souhaitons d'être renseignés doivent réunir les caractères suivants :

1º Être franchement licencieuses ou indécentes.

2º Etres vendues, distribuées ou affichées sur la voie publique, ou bien colportées de maison en maison, ou encore offertes dans les locaux ouverts à tous.

3º Être à la portée de tous par leur bon marché ou leur gratuité.

On se plaindra peut-être des étroites limites dans lesquelles nous entendons maintenir notre enquête. On dira qu'après avoir pris la question de trop haut nous la rapetissons à l'excès. Nous répondrons que pour préparer la lutte contre le mal on ne peut avoir trop de vues d'ensemble, mais qu'une fois l'action engagée, on ne saurait procéder avec une méthode trop rigoureuse, sans jamais creuser plus d'un sillon à la fois.

Si cette première enquête produit les résultats que nous espérons, nous ne demandons certes pas mieux que d'élargir le champ de nos efforts.

Une dernière observation : il est bien entendu que nous souhaitons le concours de tous les honnêtes gens. Une enquête n'acquiert toutefois de valeur que par la valeur des témoignages qu'elle provoque. Ce n'est pas la quantité des informations qui importe, mais leur qualité. Il est donc essentiel au succès de notre entreprise que les rapports qu'on nous enverra soient rédigés par des personnes compétentes. Certains hommes nous semblent tout indiqués ; ce sont ceux que leurs préoccupations journalières mettent en contact avec la population qui les entoure : instituteurs, médecins, ecclésiastiques ; certaines classes de fonctionnaires ; les industriels qui savent ce qui se passe dans leurs établissements, les directeurs et contre-maîtres d'usines, etc.

Que les amis de notre œuvre nous procurent le plus grand nombre possible de collaborateurs de ces diverses catégories, et ils nous auront rendu le plus précieux service.

Notre enquête serait en outre singulièrement facilitée, si dans les départements qui ne possèdent pas de Comité régional de la Ligue, se formaient des Comités d'enquête prêts à se charger de la besogne pour tout le département. Ces Comités d'enquête pourraient devenir plus tard des Comités de vigilance et acquérir dans la région une influence moralisatrice considérable.

Pour le moment, l'essentiel est de commencer, et de commencer par le commencement. C'est là ce que fera chacun de nos lecteurs si, après s'être donné la peine de méditer les pages qui précèdent, il prend résolument parti contre le mal et devient notre allié dans la lutte que nous engageons pour la Justice, pour le Foyer et pour la Patrie.

Toutes les demandes et communications au sujet de l'enquête doivent être adressées à M. Fallot, aux Quatre Chemins de Cimiez, Nice.

IMP. V.-EUG. GAUTHIER ET C⁰ — NICE

Aûx membres de l'Association protestante pour l'étude pratique des
questions sociales.

Monsieur et cher Collègue,

*Le Bureau a décidé de porter la lettre
suivante à la connaissance des membres
de l'Association, en la revêtant de son
approbation. Chacun d'eux recevra en même
temps un exemplaire de la brochure de
M. Fallot.*

*Le Congrès de Marseille, qui aura lieu
le 29 octobre 1891, sera appelé à statuer
définitivement sur la part que notre Association pourra prendre au mouvement pro-
voqué par la* Ligue pour le relèvement
de la moralité publique.

Pour le Bureau :

DE BOYVE, Président.　　　**GOUTH**, Secrétaire Général.
　　　　　　　　　　　　　　　COMTE, Secrétaire.

Au bureau de l'Association protestante

Messieurs et honorés frères,

Les soussignés, membres de l'Association protestante pour l'étude pratique des questions sociales, prient respectueusement le Bureau de la
susdite Société de seconder énergiquement la
nouvelle campagne entreprise contre la pornographie par la *Ligue pour le relèvement de la moralité publique*, et de chercher à provoquer un
mouvement dans ce sens au sein de nos popula-
tions protestantes.

Nous n'ignorons pas que la Ligue ne se ratta-
che à aucune tendance religieuse ou philosophique particulière. Mais nous savons aussi qu'elle
accepte et même sollicite le concours de tous les
hommes de bonne volonté et de toutes les associations qui, avec ou sans foi religieuse déterminée,
poursuivent un but moral analogue au sien.

Nous n'insisterons pas ici sur le mal que fait aux âmes la littérature obscène, tant par ses récits que par les illustrations dont elle les accompagne, et sur l'obligation pressante imposée à tout chrétien, à tout patriote, à tout père de famille, de travailler à défendre notre jeunesse contre cet odieux agent de corruption. Tout cela a été exposé avec une poignante éloquence dans la récente brochure de M. Fallot intitulée : « *Notre nouvelle campagne* », et nous ne pourrions que le redire plus faiblement.

Nous nous bornerons à indiquer brièvement les raisons qui nous paraissent devoir porter notre Société, comme telle, à s'associer à la généreuse initiative prise par son ancien président.

1° Nous sommes une *Association protestante*. Or le protestantisme, dont le trait distinctif est l'intime union et la pénétration réciproque de la religion et de la morale, doit tenir à honneur de marcher à la tête de tout ce qu'il y a d'honnête en France, dans la croisade contre l'immoralité.

2° Notre Société n'étant inféodée à aucune tendance ecclésiastique ou dogmatique, on peut espérer que son appel sera entendu de tous les protestants sérieux.

3° L'objet que se propose notre association est l'étude *pratique* des questions sociales. C'est dire que nous étudions, non pas seulement pour savoir, mais pour agir. S'il y a des questions où la prudence commande de suspendre quelque temps encore notre jugement, celle que « la Ligue » vient de soulever à nouveau n'est pas de ce nombre. Il n'y a pas deux avis parmi les honnêtes gens, touchant la littérature pornographique et la nécessité d'arrêter les progrès de cette gangrène.

C'est donc le cas ou jamais pour notre Société de passer de l'étude à la pratique et de fermer la bouche à ceux qui prétendent qu'elle n'est qu'un prétexte à discours, à conférences et à voyages de pasteurs.

4° Enfin, ce qui préoccupe notre association, ce sont les *questions sociales* ou les applications sociales du christianisme. Comment donc se renfermerait-elle dans l'inaction, lorsqu'il s'agit d'un intérêt social de premier ordre, d'un péril social plus grand que la guerre ou le choléra ! Le moment est venu pour elle de conquérir une popularité de bon aloi, en descendant dans le sillon ouvert par les de Pressensé et les Fallot.

Alléguera-t-on (ce sont les seuls motifs d'hésitation que nous puissions prévoir) l'incertitude quant aux moyens d'action à employer et la crainte de la dépense ? Mais le meilleur moyen de propagande sera à coup sûr la diffusion de la brochure de M. Fallot, accompagnée d'une circulaire qui expliquera et justifiera l'intervention de notre Société. Et ce moyen sera peu coûteux : car il résulte d'une lettre de M. Fallot que nous avons sous les yeux, qu'il est prêt à mettre à notre disposition, à titre gratuit, autant d'exemplaires de la brochure qu'il sera nécessaire.

La dépense sera donc peu considérable, et l'œuvre est de première importance. Dans peu de mois, la Conférence ou plutôt le Congrès annuel de notre Société, qui sera tenu à Marseille, pourra s'occuper à son tour de la question et donner à tous nos amis des instructions précises touchant la meilleure manière de combattre la mauvaise littérature et de solliciter contre elle l'action des pouvoirs publics. Mais dès aujourd'hui nous pensons que le Bureau n'excèdera pas sa compétence en s'employant activement à répandre la brochure de M. Fallot et en l'accompagnant, comme il a été dit plus haut, d'une circulaire qui mettrait au service de la même cause toute l'influence de notre Société.

Il s'agit de l'honneur de la France, de l'avenir de nos enfants, de la santé physique et morale des générations futures. Mettons la main à la charrue sans perdre de temps et sans regarder en arrière.

Agréez, Messieurs et honorés frères, etc.

Babut, Benoit Germain, Emile Bruneton, Fernand Bruneton, Colomb de Daunant, Dumas Faucher, Dumas de Gasparin, Dr Dussaud, Enjalbert, Lortsch, Maroger de Rouville, G. Méric, Nègre Adolphe, Picard, Reboul Elie, Schulz, Th. Tholozan, Trial père, Trial Louis.

4ᴹᴱ Congrès de l'Association

Le 4 Congrès de l'*Association protestante pour l'étude pratique des questions sociales* aura lieu D. V. à Marseille, jeudi 29 et vendredi 30 octobre 1891.

Programme du Congrès

SUJETS DES RAPPORTS ET RAPPORTEURS

Assistance par le travail, — M. le pr AESCHIMANN.

Résultats actuels et futurs de la Coopération, — M. le pr LOUIS COMTE.

Le protestantisme français et l'enfance moralement abandonnée, — M. le pr FRANK PUAUX.

Jeudi soir, *prédication* de M. le pasteur JEAN BIANQUIS.

Vendredi soir, *conférence* de M. RICHARD WADDINGTON, sénateur, sur : *La question des heures de travail et la législation ouvrière appliquée en Europe aux femmes et aux enfants.*

Cette conférence sera présidée par M. Ch. Gide vice-président de l'Association.

Les membres de l'Association seront invités à visiter les institutions philanthropiques suivantes :
L'Assistance par le Travail, la *Bouchée de Pain,* l'*Hospitalité de Nuit,* les *Maisons Ouvrières.*

L'*Église de Marseille* offre aux membres de l'Association une hospitalité fraternelle.

Les Cⁱᵉˢ du P.-L.-M. et du Midi délivreront, à l'occasion du Congrès, des billets à demi tarif. On est prié d'indiquer le trajet que l'on compte effectuer et la classe de voitures dans laquelle on désire voyager.

Les demandes et communications devront être adressées à M. DE BOYVE, 2, Esplanade, Nimes.

En arrivant à Marseille, les membres de l'Association sont invités à se rendre chez M. SHACKLETON, agent du Consistoire, 15, rue Grignan.

Imprimerie H. Michel. — Nimes.

Les Compagnies de l'Est et d'Orléans délivreront aussi des billets à demi-tarif.

Documents manquants (pages, cahiers...)
NF Z 43-120-13